お嬢様とは仮の姿！

喬林　知

JN265681

13103

角川ビーンズ文庫

お嬢様とは仮の姿!

CONTENTS

リヒャルト・デューター
ナチス親衛隊将校。禁忌の箱を開ける「鍵」の秘密を先祖から受け継いでいる。
エイプリル・グレイブス
偉大な祖母ヘイゼルの跡を継ぎ、トレジャーハンターとして活躍するアメリカ富豪のお嬢様。18歳。
DT
エイプリルの相棒。アジア系だが本名不明。大変な美女の妻がいる。
アンリ・レジャン
フランス人の軍医。ヘイゼルの旧友。
ボブ
一部の限られた者たちに「魔王」と呼ばれる男。

本文イラスト／松本テマリ

この世には、触《ふ》れてはならぬ物が四つある。

序

この城は落ちた。

そして、我が一族の血は、ここで絶えるのだ。

負傷兵用の担架《たんか》に載《の》せられてきた二つの身体《からだ》を見て、先程まで城と、この国の主だった男はそう嘆《なげ》いた。

塔《とう》の最上部であるこの部屋には、最後まで果敢《かかん》に闘《たたか》った臣下達と、彼等が討《う》ち果たした敵兵の血と遺体が、どちらのものか判《わか》らぬほどに混ざり合っていた。

その両方を踏《ふ》んで立つ侵略者《しんりゃくしゃ》は、部下の運んできたものを目にすると怒《いか》りの声をあげた。

「誰《だれ》が殺せと⁉ 生かしたまま連れてこいと言ったのだ！」

石の床《ゆか》に担架ごと下ろされたのは、変わり果てた姿の王妃《おうひ》と息子《むすこ》だった。

うずくまり、赤《あか》ん坊《ぼう》を抱《だ》き締《し》めたままなので、浮《う》かんでいるはずの苦悶《くもん》の表情は見えない。

ただ、美しかった蜂蜜色《はちみついろ》の髪《かみ》は血に汚《よご》れ、白い肌《はだ》にべっとりと貼《は》りついている。短剣《たんけん》で胸を突《つ》いたのか、まだ新しい紅《くれない》が服の背まで染めていた。

「ですがイングラス閣下、我々が発見したときには既《すで》に……」

「生かしておかねば意味がなかろうが！」

そうだ。生きていなくては、意味がない。

四人の屈強《くっきょう》な兵士達に押さえ込まれながら、ローバルト・ベラールは呟《つぶや》いた。

自害しろなどとは言わなかったはずだ。

いくら卑劣《ひれつ》な蛮族《ばんぞく》といえど、女子供までは手にかけまい。最後まで守ってやれず済まないが、どうか妻と幼い息子だけでも生き延びるようにと、諭《さと》して城を抜《ぬ》けさせたのだ。それを何故《なぜ》、
このように早まったことを。

ローバルトは嗄《か》れた喉《のど》で二人の名を呼び、最愛の者達の亡骸《なきがら》に触れようと身を捩《ねじ》った。

生まれて間もない息子は妻に抱《かか》え込まれたままで、父親譲《ゆず》りの髪も薄茶《うすちゃ》の瞳《ひとみ》も見えない。ただ細く小さな手足だけが、母親の腕《うで》の間から覗《のぞ》いていた。真っ白で、冷たい。まるで蠟細工《ろうざいく》のようだ。

「北側の湖畔《こはん》で発見したときには、既に絶命しておりました。あと少し遅《おそ》ければ湖に沈《しず》み、遺体さえ見つけられぬところでした」

城の北側、塔の真下は巨大《きょだい》な湖だ。夏も冷たく、冬も凍《こお》らぬ深い水底に沈んだものは、決して引き上げられることはない。王妃は息子と共にそこを目指したのだろうか。異国の者達に蹂《じゅう》躙《りん》される国を見つつ、嘆きのうちに一生を送るよりも、いっそ冷たい水底で永遠に眠《ねむ》ることを望んだのだろうか。

自分さえ一緒《いっしょ》にいてやれれば、そのような道を選ばせることもなかったろうに。

ローバルトは亡骸から目を逸《そ》らし、侵略者どもへの呪《のろ》いの言葉を吐《は》いた。だが不思議と悲しみで我を失うことはなかった。すぐに謝れると思っていたからだ。

自分も同じ場所に逝《ゆ》くことになるだろう。そう長くは待たせまい。

イングラスと呼ばれた大柄《おおがら》な男が、赤茶の髭《ひげ》を撫《な》でながら不満げに呻《うめ》いた。東端《とうたん》の勢力、シマロンの民《たみ》を軍隊として率いて、諸国を踏みにじり、力で支配してきた男だ。

「妻子の命と引き替《か》えにならぬ、必ず従うと踏んでいたが……何か別の贄《にえ》を探さねばならぬな。この男が屈《くっ》するような何かをな……」

「どのような卑劣な手段をこうじても」

ローバルト・ベラールは声を振《ふ》り絞《しぼ》った。四肢《しし》の自由を奪《うば》っていた兵士達は、その表情に思わず力を緩《ゆる》めそうになる。王は笑っていた。シマロン兵達を嘲笑《わら》っていたのだ。

屈辱《くつじょく》にも悲しみにも、今は浸《ひた》っていられない。

「望みの叶《かな》う日は、決して訪れぬ。国も誇《ほこ》りも持たぬシマロンの者達のためになど、尽《つ》くす者は誰一人としてあるまい。ローバルト・ベラールの息子、ペイゲ・ベラールの死を以《もっ》て、我等が血統は永遠に途絶《とだ》えた。望むものは二度と手にできぬ」

兵士達を押しのける勢いで、国を奪われた王は叫《さけ》んだ。

「開けるものなら開くがいい！　鍵《かぎ》なくして『箱』の封印《ふういん》を解き、制御《せいぎょ》できず、暴れ狂《くる》う凶《きょう》大《だい》な力で、その命はおろか手にした全《すべ》てを失うがいい。『箱』を開く四つの鍵のうち一つは、私と、私の息子の死によって永遠に失われる。二度と悪意の者どもの手に渡《わた》ることもあるまい」

この世の平穏《へいおん》を願うなら、鍵など存在しないほうがいいのかもしれない。ローバルトは、ぴくりとも動かない息子の手に視線を走らせた。あの子の幼い二の腕には、受け継《つ》ぐはずの印はなかった。

この世には必要のないものであるとの、神の御意志《ごいし》かもしれない。

思ってしまってから、王は首を振った。

神などいない。いらっしゃるならば、生まれて間もない無垢《むく》な赤子を、あのような運命が待ち受けているはずがない。

シマロン兵の中では地位の高い老兵が、赤茶の髭の指導者に囁《ささや》いた。

「閣下、我が軍は順調に勢力を広げております。先程、ゾーマルツェ陥落《かんらく》の報も入りました。ラーヒに続き、ギレスビーが我が軍門に下るのも時間の問題です。ベラールに至ってはこのとおり……」

老兵の向けた視線が、薄茶に銀を散らした独特の瞳とぶつかった。彼は言葉に詰《つ》まった。自信が揺《ゆ》らいだのだ。だが、湧《わ》いた不安をすぐに否定し、長《おさ》への進言を続ける。

「ローバルト・ベラールの民も、明日にでも閣下を王と戴《いただ》くようになりましょう。最早《もはや》『箱』

にこだわる理由はございません。あれがなくとも我が軍は大陸を制覇《せいは》できます」

「だから何だ」

「確かにこの男は……身体に鍵を宿してはおりますが、天秤《てんびん》にかける妻や子も亡《な》い今となっては、容易に従うとは思えませぬ。ここで箱にかまけていれば、他国に時を与《あた》えるばかりです。兵力をかき集める時間を与えず、一気に全土を叩《たた》くほうが……」

「諦《あきら》めろというのか⁉」

イングラスは、老兵の肩《かた》を突き飛ばし、塔の兵士全員が耳を塞《ふさ》ぎたくなるような声で叫んだ。興奮のあまり目は血走り、握《にぎ》り締めた拳《こぶし》が震《ふる》えている。

「諦めろというのか⁉　この私に！　伝説の凶器《きょうき》を発見したこの偉大《いだい》なる男に！」

取り憑《つ》かれている、とローバルトは思った。この男にあれを開かせてはならない。

「私の兵がついに『風の終わり』を発見したのだ。私の軍だ、私の物だぞ。箱を開きひとたび封印を破れば、この世を滅《ほろ》ぼす嵐《あらし》が吹《ふ》き荒《あ》れるという伝説の箱だ。直《じき》に兵士達が私の元に運んでくるだろう。今日にも、今にもだ。我が手には世界を滅ぼす力がある、この手で、世界を終わらせることができるのだ。何故、諦める必要がある？　力を手放す理由がどこにある⁉」

四つの箱の一つである「風の終わり」は、どこで発見されたのだろうか。

叫び続ける男に哀《あわ》れみのまなざしを向けながら、ローバルト・ベラールは一族に伝わる記憶《きおく》を辿《たど》った。

古《いにしえ》の世、力を持ち勇敢《ゆうかん》な者達が、世界を滅ぼそうとした創主と闘った。彼等は多大な犠牲《ぎせい》を払《はら》い、自らが忌《い》み嫌《きら》われる存在となってまで、創主達を自力では抜けられぬ場所に封《ふう》じた。その門の役目をするのが四つの箱だ。箱はそれぞれ異なる場所に収め、鍵は戒《いまし》めとして一族の長が身に宿し、代々受け継がれていくこととなった。

四つの箱に、四つの鍵。だが、一つの箱には一つの鍵だけだ。

近いとはいえ、異なるものを使えば、制御不能となった力は暴走し、取り返しのつかぬことになるだろう。また真の鍵を使ったとしても、その者は力に取り込まれ、世界を創主達に捧《ささ》げる助けとなるばかりだ。

いずれにせよ破滅《はめつ》への道は見えている。だからこそ、決して触《ふ》れてはならない。

箱の名前は「風の終わり」「地の果て」「鏡の水底《みなそこ》」「凍土《とうど》の劫火《ごうか》」。

その鍵のうち最初の一つが、人の王、ローバルトの左腕《ひだりうで》にある。

使わせてはならない。

「斬《き》れ」

狂った眼をしたシマロン人が言った。虜《とりこ》を押さえ付ける兵士達が、ぎょっとして彼等の長を見上げる。

「……奴《やつ》の左腕を斬り落とせ。どうあっても従わぬ、シマロンのために鍵を使わぬというのなら、その男の左腕を斬ってしまえ。命など要《い》らぬ。箱を、門を開く鍵さえ手に入ればいい」

「しかし閣下、それでは力を解放した後に、操《あやつ》れる者がいなくなります！」

「何をしておる⁉ 早くやらぬか！」

老兵が止めるが間に合わない。主《あるじ》の形相に気圧《けお》された兵士達は、左腕を汚れた石床に伸《の》ばし足で踏《ふ》みつけて固定した。

頭上高く上げた剣《けん》を振り下ろす。刃《やいば》が骨と、石に当たる鈍《にぶ》い音がして、太く重い鉄が真っ二つに砕《くだ》けた。潰《つぶ》れた血管からは一瞬遅《いっしゅんおく》れて飛沫《しぶき》があがり、切り離《はな》された左腕は、自らの作る血《ち》溜《だ》まりの中で軽く弾《はず》んだ。

握りかけた指が、まだ動いている。

ローバルトは悲鳴をあげて転げ回り、そうすることで敵の手を振り払った。経験の浅い兵士は驚愕《きょうがく》で身を固くし、古参兵は名誉《めいよ》を重んじぬ仕打ちに顔を背けた。

それが狙《ねら》いだった。

足先に触れた壁《かべ》を蹴《け》って膝《ひざ》で立ち、呆然《ぼうぜん》としたままの若い男から剣を奪う。シマロンの長が部下を怒鳴《どな》り促《うなが》した時には、右腕だけで三人を倒《たお》していた。

「閣下！」

一瞬、全員の注意が部屋の入り口に引きつけられる。中の騒動《そうどう》を知らぬ伝令が駆《か》け込んできたのだ。

「箱が……箱が奪われました！」

「何⁉」

ローバルトはその隙《すき》を逃《のが》さず、二歩で部屋の中央に辿り着く。立ちはだかろうとする男に向かって剣を投げつけ、残された右手でしっかりと「鍵」を摑《つか》んだ。

血溜まりの中に五本の指を突《つ》っ込み、自らの左腕を拾い上げる。

まだ温かいそれを抱《かか》えて、闇《やみ》の忍《しの》び寄る窓を目指す。膝を屈《かが》め、短く力を蓄《たくわ》えて、爪先《つまさき》で窓《まど》枠《わく》に飛び乗った。彼から見ると周囲の動きはあまりに遅《おそ》い。まるで違《ちが》う時間の中にいるような気分だ。まだ誰《だれ》の手も届かない。

彼はちらりと振り返り、壁際《かべぎわ》に投げ出された妻の亡骸《なきがら》を目に焼き付けた。美しかった蜂蜜色《はちみついろ》の髪《かみ》は赤黒く染まり、首筋の皮膚《ひふ》は蠟《ろう》のように白かった。

魂《たましい》は存在しない。

短剣の柄《つか》が覗《のぞ》く胸の下からは、幼い息子《むすこ》のか細い手足が垂れている。王であった男は、二人の名を呟《つぶや》いた。

「……そう長くは、待たせまい」

ローバルト・ベラールは先のない左肩《ひだりかた》で窓を突き破り、暮れかけた空へと身を躍《おど》らせた。

城の北側、塔《とう》の真下は巨大《きょだい》な湖だ。夏も冷たく、冬も凍《こお》らぬ深い水底に沈《しず》んだものは、決して引き上げられることはない。

沈む陽《ひ》に染まり、紫色《むらさきいろ》に輝《かがや》く水面《みなも》に向かいながら、ローバルトは日々祈《いの》り、讃《たた》えてきた神へと訴《うった》えた。

どうかこの禍々《まがまが》しい厄災《やくさい》の鍵を、我が肉体と共に水底で永遠に眠《ねむ》らせ給《たま》え。

だが、彼は知っている。

神などいない。もしもいらっしゃるならば、息子をあのような無惨《むざん》な姿にするはずがない。

控《ひか》えめな水音が届く頃《ころ》になって、ようやく数人の兵士が窓から身を乗り出した。湖面には大きな波もなく、ただ紫色に静まり返っている。

本当に落ちたのか、と若い男が口にした。音こそ聞いたが、周囲には波紋《はもん》もない。生きた人間が沈んでいくときの、最期《さいご》に吐《は》く息の泡《あわ》もない。

「行け！　行って鍵《かぎ》を拾ってこい！」

正気を失いかけた彼等の長が、一人の新兵を窓から突き落とした。悲鳴と共に落下した身体《からだ》は、派手な水飛沫をあげて湖に突っ込んだ。両手両足をばたつかせて助けを求めている。

皆《みな》が慌《あわ》てて塔の階段に殺到《さっとう》した。

事情を知らぬ伝令の男は、呆気《あっけ》にとられてその光景を眺《なが》めていたが、イングラスに胸ぐらを摑まれて、自分の任務をようやく思い出した。

「箱を奪《うば》われただと⁉　それで取り戻《もど》しもせずに、おめおめとこの場に現れたというのか」

「い、いいえ、奪取《だっしゅ》せんとして手は尽《つ》くしましたが、何分にも相手が悪……」

「どの国の者だ」

「魔族《まぞく》です」

　魔族だと？

　女達には聞かせられないような汚《きたな》い単語で、シマロン人の長《おさ》は激しく毒づいた。魔族に向けて呪《のろ》いの言葉を吐き、伝令の身体を放りだす。

「すぐに兵を送れ！　箱を渡《わた》すわけにはいかぬ。あれは私の物だ、あの力は私の」

「閣下」

　亡骸の上に屈み込んでいた老兵が、神妙《しんみょう》な顔で主人を呼んだ。彼だけはこの、敵とはいえ王《おう》妃《ひ》であった女性に敬意を払おうとして、遺体の汚《よご》れを気遣《きづか》っていたのだ。振《ふ》り向くと、保護者の胸から引き離された小さな身体が、老人の腕に抱《だ》かれている。

「どうした」

「……赤子にはまだ、息があります」

　見ている前でも僅《わず》かに動いたようだった。母親の流した血に濡《ぬ》れて、柔《やわ》らかそうな濃茶の髪はすっかり額に貼《は》りついている。薄《うす》く開いた目蓋《まぶた》の下には、あの男、ローバルト・ベラールと同じ色、薄茶《うすちゃ》に銀を散らした瞳《ひとみ》が輝いている。

首筋には赤く、指の痕《あと》が残されていた。それに気付いた老兵が、隠《かく》すように子供の肌着《はだぎ》を引き上げる。

イングラスはそんなものなど見ていなかった。彼はただ何者かに取り憑かれた眼《め》で、赤ん坊《あかんぼう》の左腕だけを舐《な》めるように見ていた。

「……そいつは『鍵』になりうるのか？」

「さあ。今の段階では判《わか》りませぬ。やがて成長する過程で、父親と同じ印が浮《う》きでてくるのやもしれず」

あるいは身を投げた王の言葉どおりに、望むものは二度と手にできないのかもしれない。だが、彼は敢《あ》えてその可能性を口にしなかった。

この子供が生き延びるためには、特別な理由が必要だったからだ。

1　一九三八年・春、ボストン

名前はエイプリル・グレイプス。

でも四月生まれじゃない。

両親は、あなたが若葉の季節を思わせるような可愛《かわい》い女の子だからよなどと、苦しい言い訳をしていたが、縮れた焦《こ》げ茶《ちゃ》の髪と陰鬱《いんうつ》そうな青灰色の瞳が、今日のようなボストンのささやかな春にさえ似つかわしくないことは、幼いながらもすぐに判った。

祖母がこだわったという名前の由来に気付いたのは、十歳を過ぎてからだった。別荘《べっそう》がお隣《となり》だったペンドルトン家は大家族で、歳《とし》の近かった四男のニックでさえ、子供のことなら何でも知っていた。三人目の弟か妹ができたらしい、でも生まれるのは十カ月後。そう話してくれた友人と一緒《いっしょ》に数えると、自分の誕生日はまさに四月から十カ月後。つまりエイプリルという可愛い名前は、彼女が母親の胎内《たいない》に芽生えた月からとられていたのだ。

まぎらわしい。いっそ普通《ふつう》にアンとでもつけてくれればよかったのに。生まれて十八年経《た》った今でも、ときどきそんなことを考える。

しかし祖母の意見は絶対だった。グレイプス家の権力ピラミッドの頂点には、常にヘイゼル・グレイブスが君臨していて、誰も異論を唱えることは許されない。事実そうやって一族は財を成し、移り住んだアメリカでそれなりの地位を築いた。祖母の得た金を元手に祖父が事業を興《おこ》し、それを継《つ》いだ娘婿《むすめむこ》であるエイプリルの父が、今日まで堅実《けんじつ》な経営を続けてきた。十年前に始まった大恐慌《だいきょうこう》も乗り切ったし、ヨーロッパからの相次ぐ不穏《ふおん》な情報にも、今のところ早めに手を打てている。それもこれも皆、グレイブス家が一致《いっち》団結して祖母の教えを守ってきたからだ。二年前に彼女が天に召《め》されてからも、その姿勢は変わらない。

そう、大切なことは何もかも祖母に教わった。

絶対に安全だと思っても、あと五つ数えてから動けということも。

窓の下の低い壁に身を押し付けて、エイプリルは喉《のど》の奥でカウントを始めた。一、二、三……四で慌ただしい靴音《くつおと》が響《ひび》き、脱出《だっしゅつ》するはずだった方向から警備が走ってきた。息を殺し、慎重《しんちょう》に覗き見ると、四人は銃《じゅう》の引き金に指をかけている。あと五秒を急《せ》いて駆《か》けだしていたら、確実に蜂《はち》の巣《す》になっていただろう。

連中が立ち去るのを待ってから、彼女はその場を後にした。目的の品は首にかけ、シャツのボタンを一番上まで塡《は》めている。

故買で建てた城と囁《ささや》かれる屋敷《やしき》から持ち出したのは、亡国の王家に伝わる装身具だった。縞《しま》瑪瑙《めのう》の珠《たま》を中心にしたネックレスは、華《はな》やかで美しいとは言い難《がた》い。だが、祭礼用の石は不思議な力を宿し、純粋《じゅんすい》な乙女《おとめ》の生気を吸って赤く輝くという。平気で身に着けていられるのは、自分が純粋さに欠けている証拠《しょうこ》だろう。唇《くちびる》を歪《ゆが》めて軽く笑う。

「エイプリル！」

高い塀《へい》の下でパートナーが手を振っている。どこから手に入れたのか陸軍の制服姿だ。彼の脇《わき》には軍用の緑のジープが、エンジンをかけたまま待機している。

「飛び降りるよ、DT《ディーティー》」

「なに⁉」

相棒が狼狽《うろた》えた表情になった。アジア系民族は普段でも年齢不詳《ねんれいふしょう》だが、そういう顔をすると彼は五つは若く見える。もうとっくに三十を過ぎているのに、華僑《かきょう》の坊《ぼっ》ちゃんみたいな童顔になるのだ。

「待てよエイプリル、今、マットか何かを……」

言い終わらないうちに煉瓦《れんが》を蹴《け》り、四、五メートルはある塀から飛び降りた。慌てながらもDTは両腕《りょううで》を差し出し、どうにか彼女を受け止める。

「うう、腕が折れる」

「大袈裟《おおげさ》ね。重いのはあたしじゃなくてネックレスでしょ」

「重いとかそういう問題じゃねえよ！　飛び降りるか普通⁉　あの高さから！　大体な、お前さんはちょっとやり方が大雑把《おおざっぱ》で乱暴すぎるんだよ。今だけのことじゃねーぞ？　この二年間ずーっとそうだ。優雅《ゆうが》さとか、緻密《ちみつ》な計画ってもんが欠片《かけら》もない。そもそも『獲物《えもの》』が隣の州にあるんなら、どうしてはるばるメキシコまで行く必要があったんだよ」

「ほんと、それには驚《おどろ》いたよね。笑っちゃう」

「笑うな！　もうちょっとオレに相談して、事前に手間かけて調査すりゃあ良かったんじゃねーか。あーあ。聞くところによるとヘイゼル・グレイブスの果たす仕事は、そりゃあエレガントだったらしいのに。その孫がこれってどういうことよ……」

説教めいた泣き言を続ける相手を遮《さえぎ》って、エイプリルは汚れたジープに飛び乗った。

「なによ、自分の非力ぶりを棚《たな》に上げて。その細腕、フットボールでもやって鍛《きた》えたらいいのに」

「オレのせい？　オレのせいだって言いたいのか？」

日常生活でエイプリルの周囲にいる男達、つまり親戚《しんせき》や高校の同級生と比べると、アジア系の人間は小柄《こがら》で手足も細い。エイプリル自身もあまり恵《めぐ》まれた体格とは言えなかったので、どっちもどっちというところだ。

「いーんだよ、生まれ故郷じゃこれで標準なんだよ。そっちこそ十八にもなって、ボーイスカウトみたいな体型しちゃってさ。そんなに胸のない白人の女とは付き合ったことがない」

「胸は仕事と関係ないでしょっ⁉」

言い終わるよりも先に、ぼそぼそと呟《つぶや》く年上の相棒の後頭部を叩《たた》いた。

「し、しかも暴力女……辞めさせてもらう、オレはもう絶対に辞めさせてもらうからな。ヘイゼルには色々と世話になったから、頼《たの》まれたとおりに二年間お守りをしてきたけども……」

彼の祖国がどこなのかは知らなかった。それどころか彼の本名も、年齢《ねんれい》さえ訊《き》いたことはない。判《わか》っているのは中華《ちゅうか》料理屋を経営する、信じられないほど美人の妻がいることくらいだ。

彼の妻の店に行ったのは、ＤＴと知り合う前だった。祖母はお気に入りの孫を連れて、チャイナタウンで食事を楽しんだのだ。

店で初めて会ったときには、合衆国に来る前はきっと東洋のお姫様《ひめさま》だったのだろうと思った。彼女ほど深紅《しんく》のチャイナドレスが似合う人はいない。たとえスープ皿の載《の》った銀の盆《ぼん》を抱《かか》えていても、優雅な動きは皆《みな》の目を引きつける。結《ゆ》い上げられた髪《かみ》は艶《つや》やかに黒く、露《あら》わになった項《うなじ》は温かな白だった。あの独特な形のスプーンを使いこなす様は、同性のエイプリルから見ても官能的だ。

美しい妻と繁盛《はんじょう》している店を持っているのに、何故《なぜ》こんな稼業《かぎょう》を続けるのかと訊くと、ＤＴは当たり前のようにこう答えた。

あっちは、女房の仕事だし。

彼とは祖母がまだ生きていた頃《ころ》に、フェンウェイ・パークで突然《とつぜん》引き合わされた。

『ＤＴ、この娘《こ》がエイプリル。私の後継者《こうけいしゃ》よ。二年間だけ一緒に行動してやって』

十六歳で謙虚《けんきょ》さを知らなかったエイプリルは、祖母のやり方に憤慨《ふんがい》した。何もかも自分一人でできると思い込んでいたのだ。実際には、初心者が一人でできることなど何一つなく、やっと正しい判断が下せるようになったのは、最初の一年をどうにか生き延びてからだった。

だが、残りの一年ももうすぐ終わる。

アクセルを踏《ふ》みながらDTが言った。

「来週だ、来週には約束の二年が過ぎる。そしたらオレは晴れて自由の身、また元の気楽な一人働きに戻《もど》れるんだ。もう暴れん坊《ぼう》お嬢様《じょうさま》の面倒《めんどう》はみなくてもいい。お前さんにゃ悪《わり》ィけど、もう十代の女の子とは組まないからな」

「こっちから願い下げ。これでやっと年寄りに指図されずに済むかと思うと、あたしも十歳は若返るってものよ」

「十歳若返ったら、走り回るだけのただの猿《さる》じゃ……」

「うるさい」

エイプリルが肩《かた》を叩いたので、ジープは極端《きょくたん》に右に寄った。その途端《とたん》、今まで車のいた場所で、数発の銃弾《じゅうだん》がアスファルトを抉《えぐ》った。

「あら」

二人同時に首を引っ込め、できるだけ座高を低くする。ちらりと背後を窺《うかが》うと、光るほど磨《みが》き上げられた黒のフォードから、男が二人、身を乗り出している。

「あんなピカピカの車で追ってきたのね。DT、あたし撃《う》ち返すけど」

返事を待たずにモスグリーンのライフルを手にしている。小柄な身体《からだ》に不釣《ふつ》り合《あ》いなサイズの小火器だが、新兵よりはうまく扱《あつか》う自信があった。

「反撃《はんげき》してもいいー？　とか訊く乙女心はお前さんにゃないのね……あー、はー、いーですよ。いーですよ。ただし州境までにしてね。ベイステイトの警察にはオレ顔が効かないからね」

そんな乙女心がどこにある。

まったくどうしてヘイゼルはこんな荒《あら》っぽい子を後継者にしたんだろうと、運転手は口の中で呟いた。


最近のビーコン・ヒルは目障《めざわ》りな高級車ばかりだ。

だから暮れかけた土曜の夕方とはいえ、その中をバイクで突《つ》っ切るのは痛快だった。特に可愛《かわい》らしい看板の並ぶチャールズ・ストリートでは、軍払《はら》い下げの埃《ほこり》まみれの乗り物は異様に目立った。上品そうな老婦人が眉《まゆ》を顰《ひそ》め、腕を組んで歩く恋人《こいびと》達が囁き合う。

好きなように噂《うわさ》をすればいい。陰口《かげぐち》にはもう慣れた。

エイプリルは煉瓦《れんが》敷《じ》きの車回しに二輪を乗り付け、緑が禿《は》げて黒っぽくなったヘルメットを取った。裏口であるにもかかわらず、扉《とびら》の前には初老の男が待ちかまえていた。どこにも隙《すき》のないスーツ姿だ。エイプリルの記《き》憶《おく》が確かならば、彼のネクタイは一ミリたりともずれていたことはない。

「お帰りなさいませ、お嬢様」

白髪《しらが》の増えた頭を下げてから、軽く腰《こし》を屈《かが》めヘルメットを受け取った。

「ただいま、ミスター・ホルバート。バイクを車庫に回すよう誰《だれ》かに頼めるかしら」

執事《しつじ》を始め、使用人には敬意をもって接すること。これも祖母に教えられた。実際、ホルバートは完璧《かんぺき》な執事だ。人生の先輩《せんぱい》として尊敬できる。それに自分が生まれる前からこの家にいるので、どの知人よりも長い付き合いだ。

彼はエイプリルの最初の友人で、両親よりも身近な存在だ。

「どうぞベンヌヴォートとお呼びください。それよりお嬢様、お約束の時間を大幅《おおはば》に過ぎております。旦那様《だんなさま》と奥様は一時間前にお出になられましたよ」

「嘘《うそ》っ⁉　一時間も前に？　大変、今日は誰のパーティーだっけ。えーとえーと何の寄付金集めだっけ」

重い扉を開きながら、ホルバートは少しも慌《あわ》てたところのない口調で続けた。

「博物館の建設でございます。お部屋のクローゼットに本日用のドレスが。奥様がお選びになったものだそうです。ルイーザが娘の出産で実家に戻っておりますので、お許しをいただけるならエスタがお手伝いいたします」

「ああ、でも髪を結ってる時間はなさそうよ……エスタってこの間来たばかりのブルネットの娘よね。彼女、スペイン語が話せるかしら。頼めばあなたみたいに教えてくれると思う？」

「もちろんですとも」

エイプリルのドイツ語教師はホルバートだった。祖母は幼い孫娘《まごむすめ》に、週に六時間の授業の間は、彼を先生と呼ぶように命じた。母親はきちんとした家庭教師を雇《やと》うべきだと主張し、祖母の案にいい顔をしなかった。だが、優秀《ゆうしゅう》な指導者のお陰《かげ》でドイツ語の成績は飛躍《ひやく》的に上がり、今では英語と同じくらい流暢《りゅうちょう》に話せる。

同じ方法でスペイン語もマスターできれば、通訳なしで歩ける国も増えるだろう。

「後でエスタに言っておきましょう。念のためにDT様のディナージャケットもご用意いたしましたが？」

祖母の代からこの家にいるホルバートは、エイプリルの行動と相棒を知っていた。娘婿《むすめむこ》であるエイプリルの父親も、会社や財産を守る都合上、妻の両親に秘密を打ち明けられてはいる。だが、祖父母がこの世を去った現在、彼女の裏稼業について一番詳《くわ》しいのはこの執事だろう。

「いいえ、いつもどおり彼は来ないの。でもありがとう、聞いたらきっと喜ぶわ」

あなたも来る？　と訊く度《たび》に、アジア人は曖昧《あいまい》な笑《え》みを浮《う》かべる。オレがお嬢さんとビーコン・ヒルに乗り込んだら、あらゆる意味で大騒《おおさわ》ぎだろうな、と言うのだ。否定できない自分が恥《は》ずかしかった。そういう社会に属している自分自身が、時々たまらなく嫌《いや》になる。

エイプリルははしたなくも靴《くつ》を脱《ぬ》ぎ捨てて、裸足《はだし》で階段を駆《か》け上がった。踊《おど》り場で一旦《いったん》足を止め、手摺《てす》りに身を乗り出してホルバートに尋《たず》ねる。

「ねえ、ママが選んだドレスって、もしかしてあのピンクの派手なのかしら。だったら最悪。多分袖《そで》が入らない」

「……お見受けしたところ、体型が変わられたようには……」

首を傾《かし》げる長年の友人に、彼女は肘《ひじ》を曲げてみせた。

「おめでとうと言って。二の腕に筋肉がついたのよ」


「エイプリル！　なんなのその格好は」

そっと侵入《しんにゅう》したはずなのに、たちまち母親が駆け寄ってくる。

「あれだけ約束したのにまた遅《おく》れて。やっと現れたと思ったら、なんなのその流行遅《おく》れの服装は？　まるで開拓《かいたく》時代の歌姫《うたひめ》みたいじゃないの！」

「ママったら、アンティークの良さを判ってないのね。おばあさまのお気に入りのドレスじゃないの。ほら見て、この襟《えり》のレースの精巧《せいこう》なこと。この服を覚えてないの？　おばあさまはこの深いブルーでヨーロッパの社交界を……」

「覚えていますとも！　だってあなたは先週のパーティーにもまったく同じ格好で現れたんですからね」

言われてみればそんな気もする。

お嬢様育ちの母親は大袈裟《おおげさ》に眉を顰め、この世の終わりとでもいいたげな顔をした。つっと胸元に指を伸《の》ばされて、エイプリルは反射的にそれを避《よ》けた。どうせ渡《わた》す相手もこの場に来ているのだからと、身に着けたままで来てしまったのだ。

「それにその無骨なネックレスはどこの国の民芸品なの？　またどうせ怪《あや》しげな古物商で見つけたんでしょうけれど。いやだわ、呪《のろ》いの儀《ぎ》式《しき》でもするつもり？　若い娘のするようなデザインじゃなくてよ。ねえ、ルビーのチョーカーはどうしたの。今夜に合わせて選んだ衣装《いしょう》一式を、上から下までクローゼットに揃《そろ》えておいてあげたでしょう」

母にはこの装身具の価値が判《わか》らない。そのせいで銃撃戦《じゅうげきせん》が繰《く》り広げられ、しかも主役が自分の娘《むすめ》だったなどと知れば、白目を剝《む》いて卒倒《そっとう》してしまうだろう。

「いやよあんなピンクの間抜《まぬ》けなドレス。第一あんなデザインの服を被《かぶ》ったら、布が余ってますますチビに見えちゃうわ。ただでさえ貧相な体格なんだから、もっと個性的で締《し》まったものを着なくっちゃ」

「まあ、そんな、この子ったら……なんて可愛げのないことを」

彼女はオロオロと周囲を見た。何人もの「お嬢さん」方の視線が、グレイブス母娘《おやこ》に向けられていた。ゆったりとした裾《すそ》の長いドレスと手袋《てぶくろ》で、頭には上品な帽子《ぼうし》をちょこんと載《の》せている。あんなもので砂漠《さばく》を歩いたら、三分と経《た》たないうちに日射病だ。

「ごきげんようー、みなさまー」

エイプリルはにこやかに右手を振《ふ》った。従姉妹《いとこ》が心配そうにこちらを見ている。一族で唯一《ゆいいつ》のブロンド美少女、麗《うるわ》しのダイアン・グレイブスだ。

彼女は素直《すなお》でとても優《やさ》しい。多くの場合エイプリルの味方だが、この場を救ってくれるほど饒舌《じょうぜつ》ではない。

「あなたも少しはダイアンを見習って欲しいものだわ。女の子らしいし、マナーも完璧だし、男性ともきちんとお話できるし」

「あたしだって男と……いいえ、わたくしだっていつも男性と対等にお話していますわ。おかあさま」

「それが問題なのよ」

エイプリルだって必要なときにはお嬢様《じょうさま》らしく振舞《ふるま》うし、裾を踏《ふ》みそうな鬱陶《うっとう》しいドレスだって着る。フォーマルなパーティーにも臆《おく》せず踏み込むし、男性とのお喋《しゃべ》りだってそつなくこなす。文化人気取りの男を言い負かすのも大得意だし、酒の飲み比べで破れたことはない。

もっともこの州での飲酒が知られれば、たちまち逮捕《たいほ》されてしまう年齢《ねんれい》だが。

「大体ねえ、あのクローゼットの中身は何？　牛追い娘とジャングル探検隊の集団みたいじゃないの。あなたはテキサスの農場にでもお嫁《よめ》にいくつもりなの？　カウボーイごっこが微笑《ほほえ》ましいのは六歳までのことよ。ママが十八歳の頃《ころ》には、結婚《けっこん》相手を探し始めていましたよ」

　昔の男女関係を持ち出されても困る。

「それでエイプリル。下見に行った大学はどうだったの？　いい加減に学校を選んでくれないと」

「ああ、ニューヨークの大学にすごくユニークな考古学の教授が……」

「まあ、教授！　教授では少し年上過ぎない？」

　母親は大学の存在意義を理解していない。

「いいこと、エイプリル。ダイアンのように落ち着いて、女の子らしくして、素敵なお相手を選んでちょうだい。それで一刻も早くお父様とお母様を安心させて。判っているでしょう？　あなたはグレイブス家の大切な一人娘なのよ。お祖母様《ばあさま》の名前を継《つ》ぐのはあなたなんですからね」

　でもね、ママ……。

　エイプリルは聞こえないように溜《た》め息《いき》をついた。

　母親を始め一族の殆《ほとん》どの人間は、祖母の本当の姿を知らない。事業の元手となった莫大《ばくだい》な額を、あの女傑《じょけつ》がどうやって手に入れたのか。結婚、出産した後も続いたヘイゼル・グレイブスの正体を知っているのは、一族の人間では祖父と父、それに孫娘の自分くらいだ。

その上、ヘイゼル・グレイブスの最期《さいご》に居合わせた者は、エイプリルをおいて他《ほか》にいない。あのときのことを思い出すと、今でも背筋が寒くなる。全身を火に包まれた姿が夢に現れ、うなされることもしばしばだ。

手に入れたばかりの邸宅《ていたく》を、コレクションの展示室にしようと改装していた最中だった。あの日は彼女が最も大切にし、家族にさえ滅多《めった》に見せなかった幾《いく》つかの品を、自らの手で運び入れていた。悲鳴を聞いたような気がして、エイプリルは階段を駆け上がった。祖母のいる部屋のドアを開けると、そこには小さな棺《ひつぎ》ごと火に包まれたヘイゼルがいた。

青い炎《ほのお》をまとった祖母の表情は、不思議なことに苦しげではなかった。カーテンや敷物《しきもの》に燃え移るまでは、近くにいたエイプリルさえ熱さを感じなかったほどだ。あれはこの世のものではなかったのかもしれないと、ふと神秘主義的な気持ちになることもある。

夢の中で祖母は必ずこう言う。エイプリルを見詰《みつ》めて悲しげに首を振る。

『触《ふ》れてはいけない』

確かにあたしはグレイブスの家と、ヘイゼル・グレイブスの遺《のこ》した財を継ぐだろう。でも受け継ぐのはそれだけじゃない。遺言書や目録に書かれてはいないが、エイプリルには判っていた。祖母が自分に託《たく》したのは、数字では表現できないものだ。

母は娘の中途半端《ちゅうとはんぱ》な長さの髪《かみ》に手を伸ばし、またまた長い溜め息をついた。他の女の子のように短くしてウェーブをつけるか、ゴージャスに結《ゆ》い上げて欲しいのだ。

「髪もぱさぱさ。しかもエイプリル、一週間会わない間にあなたったらどれだけ日に焼けたの……そういえば何だか変な匂《にお》いが……埃臭《ほこりくさ》い、というよりなにか……なにかカビ臭いわ」

ああ、おかあさま、ごめんなさい。かろうじてシャワーは浴びたものの、髪まで洗っている余裕《よゆう》がなかったの。

「エイプリル、あなた一体どこの大学を下見に行ったの？　それにこの貧弱な髪飾《かみかざ》りは何なの。もっと華《はな》やかなものを幾らも持っているで……」

小言は悲鳴に変わった。全長五センチ程の八本足が、白い絹の手袋を這《は》っている。

「いやぁぁぁ！　蜘蛛《くも》よっ！　蜘蛛クモっ！　手に毒蜘蛛がッ」

「落ち着いてママ、毒なんかないわ。普《ふ》通《つう》の蜘蛛よ。ほら、下水道とか廃屋《はいおく》とかに巣を張ってるやつ……」

「なんでそんなものがあなたの髪に住んでいるのっ⁉」

「失礼ね、棲息《せいそく》しているわけじゃないわよ」

近くにいたダイアンがとんで来た。周囲を巻き込んだ大騒《おおさわ》ぎになる前に、どうにか取りなそうと思ったのだろう。

「伯母様《おばさま》、しっかりして。大丈夫《だいじょうぶ》ですわ。蜘蛛なんて庭の木にいくらも居ますもの。さ、あちらで少しお休みになったらどうかしら。テラスの近くは風が通って気持ちがいいし」

伯母の手を引き親切に椅子《いす》まで連れて行ってから、人を縫《ぬ》ってわざわざ戻《もど》ってくる。母親と揉《も》めたエイプリルを責めるのではなく、慰《なぐさ》めるために来てくれたのだ。二つ年上の従姉妹は底《そこ》抜《ぬ》けにいい人で、ときにはそれが鬱陶しくなる。

「エイプリル、あんまり落ち込まないでね」

誰《だれ》が!?　と胸の内だけで突《つ》っ込んだ。

「わたしも小さい頃はお転婆《てんば》で、髪に蜘蛛の巣を絡《から》ませてはママに怒《おこ》られたものよ。伯母様だってきっとちょっと驚《おどろ》かれただけ。もう怒ってはいらっしゃらないわ」

くるりと内側に巻いた黄の強いブロンド、ふっくらとした薄紅色《うすべにいろ》の頰《ほお》。知性と慈愛《じあい》に輝《かがや》く濃《こ》いブルーの瞳《ひとみ》。とても従姉妹同士とは思えないくらい、自分とダイアンは似ていない。その上、彼女は性格の良さも聖人なみだ。誰かの人格を否定したり、陰口《かげぐち》を言ったりするところを見たことがない。

ダイアン・グレイブスこそ理想の女性だ。国中の男は競って彼女にプロポーズすべきだが、残念ながら売約済みである。

彼女のお相手というのがまた物語の中から抜《ぬ》け出してきたような男で、太股《ふともも》の膨《ふく》らんだズボンを履《は》かせ羽根のついた帽子を被《かぶ》らせれば、たちまち王子様のできあがり。毎週月水金の夕方に空色の車で迎《むか》えに来て、ぴったり十時には送り届けるので、ついたあだ名はミスター・スケジュールだった。

ハーバードの王子様とカレッジの理想の女性。一体どうすればこんな恐《おそ》ろしいカップルが成立するのだろう。

「伯母様はああ仰《おっしゃ》るけれど、わたしとしては大学はじっくり選ぶほうがいいと思うの」

ダイアン・グレイブスにただ一つ問題があるとすれば、エイプリルが年下のか弱い従姉妹であると勘違《かんちが》いしている点だ。あのねぇダイアン、いい加減に気付いてよ。年に十回くらいはそう言ってやりたくなる。

「エイプリルのやりたいこと、学びたいことを学ぶべきだわ。伯母様だってきっと判《わか》ってくださるわよ。わたしも微力《びりょく》ながら応援《おうえん》する。できることがあったら何でも言ってね。そうだわエイプリル、南北戦争の映画の話を聞いた？」

お姉さんぶって拳《こぶし》を握《にぎ》り締めた後は、楽しい話題を必死に探している。眉《まゆ》を寄せて黙《だま》り込む従姉妹を見て、まだ落ち込んだままだと勘違いしているのだろう。

「すごい大規模な撮影《さつえい》なんですって。一緒《いっしょ》に見学に行きましょうよ。俳優の誰かに会えるかもしれないわよ。ああそれとも、来月ヨーロッパに行く予定があるのだけれど、良かったらあなたも一緒にどう？　あら……エイプリル、これ素敵ね……なんだか……みょうな、いろづかいだけども……」

一生懸命喋《けんめいしゃべ》っていたダイアンの口調が、酔《よ》ったみたいに舌足らずになる。気付いたエイプリルが身体《からだ》を捻《ひね》るより先に、従姉妹の指は縞瑪瑙《しまめのう》の装身具を摑《つか》んでいた。

「駄目《だめ》よっ」

「あ……」

「ダイアン⁉」

一瞬《いっしゅん》で頰から血の気が引き、腕《うで》がだらりと脇《わき》に垂れた。四肢《しし》の力が抜き取られ、糸の切れた操《あやつ》り人形みたいに頽《くずお》れる。

「大変！　どうしようダイアン、しっかりして！」

慌《あわ》てて抱《だ》きとめようとするが、脱力《だつりょく》した身体は予想以上に重い。自分も床《ゆか》にへたり込みながら、エイプリルは従姉妹《いとこ》の息を確かめた。顔は紙のように白く、唇《くちびる》も青紫《あおむらさき》に変わっているが、辛《かろ》うじて浅い呼吸を繰《く》り返している。

一方で胸にある縞瑪瑙は赤茶に輝き、再び若い女性の生気を吸い取ろうと、虜《とりこ》にした獲物《えもの》を呼んでいる。ダイアン・グレイブスの細い指が、意識もないのに宝石を求めて持ち上がる。

「だめ！」

思い思いに過ごしていた人々が、何事かと集まってきた。すぐに醜聞《しゅうぶん》好きな連中に取り囲まれ、いくつもの好奇《こうき》の目で見下ろされる。

「誰か医者を、救急車を呼んで！」

助けなどあるはずがないと判断し、エイプリルは全力で従姉妹の身体を抱《かか》え上げようとした。

どこかゆっくりと横になれる場所へ、自分一人ででも運ばなくてはならない。

「お願いよ、医者を」

「そのままでいいよ」

「え？」

いきなり声をかけられて顔を上げると、ちょうど人垣《ひとがき》の中央を割って、風変わりな男が現れたところだった。

「きみ一人の力じゃ無理だ、腰《こし》を痛めるよ。とりあえずそのまま、身体を伸《の》ばしてやって様子をみようか。なーに、気を失ってる人間は、ベッドのスプリングにまで文句はつけないものさ」

老いも若きも着飾《きかざ》ったホールの中で、一人だけ泥《どろ》のこびり付いた革靴《かわぐつ》を履いている。どこかくたびれた感じのストライプのスーツは場違《ばちが》いだし、頭にはパナマ帽《ぼう》を載《の》せたままだ。

遠く長い、旅の途中《とちゅう》。エイプリルの目にはそう映った。

男はしゃがみ込んでダイアンの手首を握り、秒針と比べて脈を確かめた。目蓋《まぶた》を押し開け、首筋に触《ふ》れてみてから、帽子を脇に置いて顔を上げた。黒い髪に一筋だけ白髪が混ざっているが、眼鏡《めがね》の奥の黒い瞳や、顔の皮膚《ひふ》の張りは若々しい。両親よりも年下だろう。三十代の終わりくらいか。

「大丈夫だ、しっかりしてる。心配ないよ、軽い貧血だろう」

「あなた誰？」

あまりにも不信感を露《あら》わにした問いかけだったせいか、楕円《だえん》形のレンズ越《ご》しに苦笑する。

「信用ならないかい？　僕は医者だ。きみが生まれた頃《ころ》から医者をやってる」

笑うと目尻《めじり》に細かい皺《しわ》ができた。年齢《ねんれい》より若く見えるのは、撫《な》でつけていない前髪《まえがみ》のせいかもしれない。医師にしては威厳《いげん》の足りない話し方だ。それに聞き慣れない訛《なま》りもある。

「誰か、お嬢《じょう》さんをベッドにお連れして。念のために主治医を呼びなさい。ご家族が心配するといけない。それからエイプリル……」

何故《なぜ》、名前を知っているのか訊《き》くよりも先に、医者の指が縞瑪瑙の装身具を引っ掛けた。純《じゅん》粋《すい》な乙女《おとめ》以外なら、生気を吸われる恐れもない。

「あまりいい趣味《しゅみ》とはいえないね」

「余計なお世話よ」

エイプリルは身体を反らし、医者の手から暗色の宝石を取り戻した。駆《か》けつけたダイアンの恋人《こいびと》に場所を譲《ゆず》り、ゆっくりと立ち上がる。

「従姉妹を診《み》てくれたことには感謝する。でもそれ以外のことは、あなたには関係がないでしょう。素人《しろうと》が口を出すものじゃない」

男は口笛でも吹《ふ》きたそうな顔をした。

「なるほど、ヘイゼルがきみを後継者《こうけいしゃ》にした理由が判る気がするよ」

「どういう意味？」

祖母の名と、明かしていない稼業《かぎょう》のことを仄《ほの》めかされて、気付かないうちに身構えている。

「あなた誰？　おばあさまの知り合い？」

「彼はヘイゼルの友人だよ、エイプリル」

聞き覚えのある声に振《ふ》り返ると、何度も会った男がいつもどおりに微笑《ほほえ》んでいた。

「それは私が頼《たの》んだ品だね？」

「そうよ、ボブ」

誰《だれ》もが彼を愛称《あいしょう》で呼び、誰も彼をファミリーネームで呼ぼうとはしない。本当は先祖から続く名前があるのだが、契約書《けいやくしょ》にサインをするとき以外、並んだ文字に意味はないのだという。

多くの人にはボブと呼ばれ、一部のごく限られた人間のみに「魔王《まおう》」と呼ばれる男は、しばらく前から突《つ》き始めたステッキを片手に、穏和《おんわ》な表情で立っていた。

2　チャイナタウン

両親としか食事をしない子供だったら、この店には一生来られなかっただろう。

母を始めグレイブス家の行儀《ぎょうぎ》のいい親戚《しんせき》達は、ジャケットがなければ入れないような店にしか行かない。というよりも普段着《ふだんぎ》でディナーの席に着くことなど、非常識きわまりないとさえ思っている。

エイプリルは滑《なめ》らかな手触《てざわ》りの箸《はし》を持ちながら、銀のフォークを脇に押しやった。

絹に見事な刺繍《ししゅう》を施《ほどこ》したドレスの女性が、湯気の立つ器《うつわ》を盆《ぼん》に載せて運んできた。この店の女主人、コーリィだ。金色の糸で描《えが》かれた尾《お》の長い生き物は、天国の鳥の姿だという。

「ボブはよく海老を食べに来てくれるけれど、エイプリルは随分《ずいぶん》久しぶりな気がするわ。ねえそれはうちのひとのせいかしら。ＤＴがわたしの店に近寄らせないの？」

「そんなはずがあるかい」

客の前にスープを置き、女主人は次の料理を取りにテーブルを離《はな》れる。エイプリルがスリットから覗《のぞ》く白い脚《あし》に見とれていると、ＤＴは呆《あき》れて肩《かた》を竦《すく》めた。

「よだれ垂らしそうな顔すんなよ。なんでうちの女房《にょうぼう》の脚なんかに興味があるんだ？　お前さんだって一応、女だろうに」

「あんなに素晴《すば》らしい脚をしているのに、どうしてこんな男と結婚《けっこん》したんだろうと思ってたところよ」

「……か、可愛《かわい》げねえなぁ……」

どこでどう聞き間違《まちが》えたのか、ボブが朗《ほが》らかな様子で言った。

「どうやらヘイゼルの望みどおり、二人でうまくやっているようだ」

「うまくないうまくない、冗談《じょうだん》じゃないよボブ！」

エイプリルが反論する前に、DTがスープ越しに身を乗り出した。

「約束どおり二年間はこいつのお守《も》りをするさ。ヘイゼルにはえらく世話になったからな。でももう来週にも期限は切れるんだ。それまでの辛抱《しんぼう》だと思って耐《た》えてはいるけど……どうにかしてくれよ、この生意気女」

「なによヘタレ男。蜘蛛《くも》や油虫が怖《こわ》いからって、穴蔵に入れない男なんて見たことないわよ」

「うっ」

「スペシャリストだと自惚《うぬぼ》れてるみたいだけど、あたしと組んでるからこそ成功率が一〇〇％なんじゃないの。それ以前の仕事を振り返ってごらんなさい。勝率ガクンと落ちるから」

「うう」

「どうやら口でも勝てない様子だな」

ボブは同席している女性に顔を向け、不仲コンビを紹介《しょうかい》した。

「心配ないよエーディット、この二人があれを取り戻《もど》す」

「ええ……」

ちょうど真向かいに座る老いた女性は、深い皺の目立つ頰《ほお》に弱々しい笑《え》みを浮《う》かべた。スープに手をつける気配もない。

他《ほか》とは少し離れたテーブルは、窓際《まどぎわ》の陽当《ひあ》たりのいいスペースにあった。円卓《えんたく》についているのは年齢も性別もまちまちな五人、エイプリルとDT、ボブ、エーディットと呼ばれた老女、それに先程の眼鏡の医師だ。

店で落ち合ってすぐに名前だけは紹介されていたが、詳《くわ》しい経緯《けいい》は聞いていない。

エイプリル、このご婦人はエーディット・バープ。オーストリアからフランスに移住したばかりだ。白い髪《かみ》を短く切り揃《そろ》えた老婦人は、誰とも目を合わせようとしなかった。どういった経緯で祖国を出たのかは、アメリカ人にもおおよその見当がつく。

ナチスに迫害《はくがい》され、逃《のが》れてきたのだ。

彼女とは逆にレジャンと名乗った眼鏡の医師は、フランス人らしからぬ愛想《あいそ》の良さだった。独特な形のスプーンや箸をうまく使い、中華《ちゅうか》料理を口に運んでいる。三十代後半かと思っていたが、戦時中に軍医としてドイツ国境にいた話からすると、四十は超《こ》えているらしい。一筋だけ白髪の混じった黒髪と、レンズの奥の黒い瞳《ひとみ》。スーツは新しい物に着替《きが》えていたが、パナマ帽は昨夜のままだった。

アンリ・レジャン。どこかで聞いた名前だ。祖母の若い友人だろうか。

「なにしろこの二人は、メキシコにあるはずの廃王家《はいおうけ》の石を、なんと隣《となり》の州で見つけたんだからね。私も多くの冒険《ぼうけん》家やトレジャーハンターと付き合いがあるが、彼等ほど近場で仕事を済ませた例を見たことがないよ」

ボブは油で滑《すべ》る野菜を器用にフォークで刺《さ》した。肉厚の茎《くき》から水分が流れ出す。

「からかってるんだか褒《ほ》めてるんだか判《わか》らないコメントね」

「もちろん賞賛しているんだよ、エイプリル」

まあどちらでも構わない。重要なのは依頼《いらい》を完遂《かんすい》することだ。

「あのネックレスはどうなったの？」

「きちんと保管されるよ。そしてヨーロッパの情勢が落ち着いたら、スペインに戻される予定だ。今すぐに国内に送っても、独裁者の宝石箱に飾《かざ》られるばかりだからね」

「でもなんであんな縁起《えんぎ》の悪い物を欲しがったのかしら。呪《のろ》いのかかった石なんて普通なら持っていたくないじゃない」

「あれを欲しがったのは地方検事になろうという男だ。金もあり、社会的な身分もある。足りないのは家柄《いえがら》と血統だけだ。そこで証拠《しょうこ》の品を手に入れて、由緒《ゆいしょ》正しい家名を買おうとしたのだよ」

エイプリルは鼻を鳴らした。

「判らないな、どうしてそんなものが欲しいのか。あたしは今の名前も財産も捨てたいくらいなのに」

「きみのような人間ばかりではないからね」

一部の限られた者達から財界の魔王と呼ばれる男は、孫娘《まごむすめ》とでも話すみたいな笑みを浮かべた。エイプリルのことなど何もかもお見通しといった感じだ。

では彼がどんな人間なのかというと、それを知る者は多くない。濃灰色の縮れた髪と髭《ひげ》を持ち、濃《こ》い眉《まゆ》の奥では色の判りにくい瞳が輝《かがや》いている。その光は優《やさ》しく穏《おだ》やかなこともあれば、話しかけるのも躊躇《ためら》うくらい、冷たく燃えていることもあった。

祖母の葬儀《そうぎ》に参列したときがそうだった。ボブの姿を見つけたエイプリルは、その近寄りがたい雰囲気《ふんいき》に圧倒《あっとう》され、声をかけることもできなかったのだ。彼が何故《なぜ》魔王などと呼ばれているのか、正しい理由は知らないが、あの冷たく暗い眼を思い出すたびに、相応《ふさわ》しい呼び名だと納得《なっとく》する。

とはいえ、いくら縁起の悪い呼称《こしょう》で通っていても、ボブは信頼《しんらい》に値《あたい》する人物だ。彼を裏切った者はいても、彼に裏切られた者はいない。祖母もDTもそう言っていた。決して敵に回してはならないことも、同じくらい繰《く》り返し言い聞かされたが。

祖母との付き合いの長さから想像すると既《すで》に五十近いはずなのだが、実年齢《じつねんれい》を知らないエイプリルには、眼鏡《めがね》の医師、レジャンと同年代に見えた。

彼は変わらない、寧《むし》ろ初めて会ったときより若返っているようだ。

投資を中心に手広く事業を展開しているようだが、裏では公《おおやけ》にはできない活動も行っている。

その秘密結社的な行動が、ヘイゼル・グレイブスの仕事と重なったのだ。

あるべきものを、あるべき場所へ。

不当に取り引きされ、価値を落とされる美術品を、本当に相応しい持ち主の元へ。人類の共有すべき貴重な宝を、個人の利害に左右されない安全な住処《すみか》へ。

「それでボブ、今度は何を盗《と》ってこさせようっていうの？」

エイプリルは米粒《こめつぶ》の埋《う》め込まれたカップを口元に運び、温かい飲物で喉《のど》を潤《うるお》してから切り出した。

「ミス・バープの財産？」

「盗るとはまた、人聞きが悪いが。正確にはエーディットの物ではないのだよ」

「でもさっき、あたしたちが取り戻すって──」

「……あの箱は、主人が保管していた物でした」

「箱？」

エーディットの細い声に、エイプリルとDTが同時に訊き返した。これまで絵画も装飾品《そうしょくひん》も宝石も扱《あつか》ってきたが、箱というのは初めてだ。事情を知っているらしいレジャンとボブは、老婦人の次の言葉を待っている。

「主人は元々、美術商として各地を飛び回っておりました。五十を過ぎてからは地元に小さな画廊《がろう》を開き、隠居《いんきょ》に近い生活を送っていたのです。ところが、一昨年《おととし》あたりから党の規制が厳しくなり……わたしたちの所持する絵画が退廃《たいはい》的だと、何人もの同僚《どうりょう》が連行され不当に勾留《こうりゅう》されました。ですからわたしたちも、店を閉めフランスに抜《ぬ》けることにしたのです。けれど、出立間際になって主人が倒《たお》れ、そのまま……」

「亡《な》くなられたのね？」

老婦人は力無く頷《うなず》いた。

「お気の毒に」

「いえ……前途《ぜんと》ある若者が散ってゆくことを考えれば、老人が生き長らえるほうが罪に思えます。現在のウィーンはそういう場所ですから……。残されたわたしは主人の遺産を慌《あわ》ただしく整理しなければなりませんでした。当局が没収《ぼっしゅう》に来る前に。店に収められていた貴重な品や、どうあっても持ち出さなくてはならないものもございましたから。その中に……あの箱があったのです。お預かりした物として」

「預かり物？」

「そうです。確かにお預かりした物でした。主人の遺《のこ》した書き付けによると、どうも本来の持ち主の方にご無理を申し上げて、手元に置かせてもらっていたようです。箱の由来や装飾に興味を持ち、研究したかったのだと思います。書面によると……ノアの箱とも呼ばれていたようですから」

エイプリルは手にしていたカップを置いた。琥珀色《こはくいろ》の茶が冷め始めていた。老婦人とボブを交互《こうご》に見る。

「待って、それは箱なの？　それとも方舟《はこぶね》なの？　もしノアの方舟の精巧《せいこう》な模型なのだとしたら、そういう宗教色の強い品はあたしとDTの専門分野じゃないわ。ね、DT」

「まーね。オレは異教徒だし、エイプリルだって信心深いタイプじゃないかんな」

「そうなのよバーブさん。こんなこと言うのもどうかと思うけど、鞭使《むちつか》いで有名な大学教授に依頼するほうが……」

「方舟ではないよ、エイプリル」

これまで黙《だま》っていたレジャンが口を挟《はさ》んだ。彼も何か重要なことを知っているようだ。

「一部の敬虔《けいけん》なキリスト教徒が、箱の性質を畏《おそ》れてそんな風に呼んでいただけだ。大きさは棺桶《かんおけ》の半分程度。何の変哲《へんてつ》もない普通の木箱だし、水に入れれば沈《しず》んでしまう。後からつけられた装飾部分の重みでね」

「箱の性質ですって？　箱は箱でしょう、どんなに禍々《まがまが》しい由来があったとしても」

「それがねえ、ミス・グレイブス」

レジャンは人差し指で眼鏡を押し上げ、レンズの奥でにこりと笑った。

「そいつにとっては由来よりも性質のほうが重要なんだ。といっても拷問《ごうもん》道具だったりしたことはないよ。目に見える特殊《とくしゅ》な仕掛《しか》けは殆《ほとん》どないんだ」

「じゃあなあに？　モンスターでも閉じこめたビックリ箱なの？」

「勘《かん》がいいね。さすがにヘイゼルの後継者《こうけいしゃ》だ。閉じこめているのはアメリカ人の想像するモンスターじゃないけど。まあ、ある種の怪物《かいぶつ》ではあるかな」

DTが品なく舌をだし、げんなりという顔をした。アジアの化け物でも想像したのだろうか。

「言ってみれば箱は『門』だ。触《ふ》れてはならない、何者も手にしてはならない驚異《きょうい》的な力を封《ふう》じた場所への扉《とびら》だよ。一たび門、もしくは扉が開けば、この世界にも恐怖《きょうふ》の存在の力が及《およ》ぶ。太古の昔、多くの血を流し、数え切れない犠牲《ぎせい》を払《はら》ってまでも封じ込《こ》めた、この世を破壊《はかい》する強大な力だ。もちろんその封印は本物の『鍵《かぎ》』でしか開かないが……」

レジャンの笑《え》みが曇《くも》る。

「何なの」

「……残念ながら、『鍵』に近いものがこの世界にもあるようだ」

「鍵に近いものって……」

「箱、つまり出口は四つあるんだよエイプリル。そして鍵も箱と同じ数だけある。一つの箱には一つの鍵。それ以外では完全には開かない。けれど近い鍵でこじ開けようとすれば……不完全な力だけが溢《あふ》れることになる。誰《だれ》にもコントロールが効かない。封じられている存在にも、もちろん鍵の所有者にも」

「待って。では四つのうちの一つであれば、全開にはできなくても隙間《すきま》くらいは作れるっていうことなの？　で、その隙間が作れる型違《ちが》いの鍵は、もう何処《どこ》にあるのか見当がついているのね？」

「飲み込みが早いね。そのとおりだよ」

「ついてけねえ」

油で光る烏賊《いか》をつついていたDTが、テーブルクロスの上に象牙《ぞうげ》の箸《はし》を放りだした。

「オレにはついてけねーや。黙って聞いてりゃさっきから何よ、悪魔《あくま》だの怪物だの脅威《きょうい》の力だのと。しかも呼び名がノアのハコ？　どっから見ても宗教関係じゃねーの」

「DT」

アジア人は一重の目を細め、宗教観の違う連中を一通り眺《なが》めた。

「そりゃ皆《みな》さんには神も悪魔も実在してて、水はワインに変わり偉大《いだい》な男は海を真っ二つに分けるのかもしれないけど。オレたちの世界じゃ地獄《じごく》に鬼《おに》はいても、人間をたぶらかす悪魔も堕《だ》天使もいないわけよ。信心深い皆さんには現実なのかもしんないけど、封じられた存在が復活するとか、ハコん中の邪悪《じゃあく》なミイラが暴走するとか、俄《にわか》に信じられる次元の話じゃねーよ」

誰もミイラとは言っていない。

「無理もないよ」

レジャンが穏《おだ》やかなまま答えた。この医者は、今まで会ったどのフランス人とも違う。協調性があり辛抱《しんぼう》強い。頑《かたく》なに母国語にこだわったりせずに、親切に英語で話してくれているし。

「ノアなんて名前がつけられていては、宗教に深く関《かか》わるものだと誤解しやすいよ。でもDT、封じられているのは神でも悪魔でもないし、もちろんファラオのミイラでもない。第一、聖櫃《せいひつ》や聖杯《せいはい》を探すのなら、教会側にいくらでもプロがいる」

そう、「聖」を冠《かん》する宝は扱いが難しい。手にするためには神を信じる心が必要だったり、聖書を全文暗記しなければならなかったりする。敏腕《びんわん》と称《しょう》されたヘイゼル・グレイブスでさえ、キリストに関わる品々には手をださなかった。

レジャンはちらりとボブを見て、言ってしまっても構わないねと確認《かくにん》した。

「箱の名前は『鏡の水底』。方舟が水から命を守るためのものなら、こちらはまったく反対だ。海を河を湖を空を操《あやつ》り、全ての命を滅《ほろ》ぼすために嵐《あらし》や津波《つなみ》、激流、豪雨《ごうう》を生みだす」

「またそんな非現実的な。そんな小さな木箱一つで、どうやって天候を左右すんだよ」

「きみはこれまで、科学で説明できるものとしか出会っていないのかな？」

逆に問い返されてDTは押し黙った。確かにこれまでこなしてきた依頼《いらい》の中には、超《ちょう》科学としか言えないケースも多くある。

二人のウェイターが温かなデザートを運んできた。果物《くだもの》の姿を模した細工も美しい。少し遅《おく》れてコーリィが現れて、うつむくばかりの老婦人の前に真っ黒なケーキをそっと置いた。

「近くにドイツ菓子《がし》の店ができたのよ。お国の味に近ければいいのだけど」

「ありがとう」

「でも次にいらしたときには、必ずうちのデゼーアもお試しになってね。あらわたしったら。この発音で合っているかしら」

エーディットは初めて表情を和《やわ》らげ、女主人に向かって微笑《ほほえ》んだ。

やっぱりコーリィは素敵《すてき》だ。DTなんかにはもったいない。エイプリルはつられて頬《ほお》を緩《ゆる》めた。だが、仕事の話を忘れるわけにはいかない。

「でも、旦那《だんな》さんが亡くなったとはいっても、箱も書類もバーブさんの元にあるのなら、わざわざあたしたちを呼び出すまでもないでしょうに。本来の持ち主に返せば終わりでしょ?」

「それが……」

DTの目蓋《まぶた》がぴくりと動いた。顔は動かさないままで、目だけで通りの向こうを窺《うかが》っている。

「夫の葬儀《そうぎ》を済ませてから、わたしと娘《むすめ》夫婦は街を出ました。殆どの美術品は後に残る同業者に任せて、持ったのは本当に貴重な数点だけです。ところがそれも国境の検問で……」

「奪《うば》われたの?」

「ええ。全《すべ》て没収されました。絵画ばかりではなく、小さな彫刻《ちょうこく》、宝石、装飾品《そうしょくひん》まで」

「国境付近の治安が悪いのね。作品の価値も知らない強盗《ごうとう》が……」

「いえ、犯罪者ではありません」

では誰が、と訊《き》きかけて気付く。この人は独裁者から逃《に》げてきたのだ。

「ナチに」

その時の様子を思い出したのか、エーディットは身体《からだ》を震《ふる》わせた。レジャンが彼女の肩《かた》に軽く触れる。

「……軍人達が、わたしたちが必死で持ちだした作品を、まるで……まるで雑誌か薪《まき》のようにトラックに積み上げて……あんなに手荒《てあら》に……娘の身に着けていた小さなルビーや、夫の形見の時計まで取り上げられました」

「奴等《やつら》はユダヤ人に財産の持ち出しを許さない。金も債権《さいけん》も、宝飾品もだ。芸術作品の扱《あつか》いも日に日に悪くなってる。絵画と名の付く物を片《かた》っ端《ぱし》から掻《か》き集めて、総統のお気に召《め》さない品はあっさり廃棄《はいき》される。外貨のために売り飛ばされる程度で済めばいいが、下手をすればピカソやセザンヌも焼却《しょうきゃく》処分だ。現状はなかなか伝わってこないけれどね」

「嘆《なげ》かわしい」

魔王《まおう》と呼ばれる男は、長い指を額に当てた。女性みたいに爪《つめ》を伸《の》ばしている。短く丸いエイプリルの指先よりも、ずっと優雅《ゆうが》で繊細《せんさい》だ。

「その時に、箱も……。高価な品々だけではなく、箱も奪われました。お預かりした物ですから、どうにかしてお返ししなければと車に積んでいましたが」

「え、だって、何の変哲もない木箱だって」

「ええ本当に、どこにでもありそうな古びた箱なんです。軍があれに何の価値を見いだしたのか、わたしにも娘にも判《わか》りませんでした。ただ、お預かりした物をお返しできないことが、何より辛《つら》く申し訳なくて……」

「判ったわ」

エイプリルは背筋を正し、今にも泣き崩《くず》れそうな老婦人に急いで答えた。

「あたしたちがそれを取り戻《もど》して、本来の持ち主に返せばいいのね。さあ元気をだして。あまり思い詰《つ》めないことよ、バープさん。あとはあたしたちに任せて。大丈夫《だいじょうぶ》、軍隊を相手にするのは初めてじゃないから」

「でも、軍といっても普通《ふつう》の軍隊ではないのです」

「解《わか》ってる。確かにヒトラーの兵士達は州兵とはわけが違うでしょうけど」

「いいえ、そうではなく。絵画を奪った男達と、箱を探していた人達とでは制服が違ったんです。一方はよく見るナチの軍服姿でしたが、箱を取り上げたのは黒い制服の将校達です」

テーブルの上で握《にぎ》り締《し》めたエイプリルの掌《てのひら》に、ぬるく不快な汗《あせ》がにじんだ。先の言葉を聞くまでもない。

「親衛隊《SS》ね」

嫌《いや》な相手だ。

「でも何故《なぜ》SSがそんな目立たない箱を欲しがったのかしら」

「恐《おそ》らく彼等も知っているんだろうね。あれが『鏡の水底』だということを。少しでも戦力になりそうなら、連中は奇跡《きせき》でも伝説でも利用する。どこかで箱の性質を聞きつけて、我が物にせんとしていたんだろう」

金属が跳《は》ねる音がした。脇《わき》に押しやってあった銀のフォークをDTが床《ゆか》に落としたのだ。

「まさか！　あの悪名高いナチスドイツが、そんな超常《ちようじよう》現象を信じてるってのか⁉　薄汚《うすぎたな》い棺桶《かんおけ》入りの津波マシーンを⁉　まさか。まーさーかー。おいおい、今いつだと思ってんだよ。二十世紀だぜ、二十世紀も半ばだぜ？」

「気持ちは判るよ、DT」

にこやかなままのフランス人医師に名前を呼ばれて、相棒はうっと言葉に詰まった。

「大陸で何があったかは知らないけど。きっと信じたくなくなるような恐ろしい目に遭《あ》ったんだろうね」

「なんなのDT、何かあったの⁉」

「べべべ別に、な、なにもねーよっ！」

「嘘《うそ》っ、その慌《あわ》てようは絶対に何かあるっ！　蜘蛛《くも》と昆虫《こんちゆう》以外にも苦手なものがあるのね⁉」

「ねえったら……うわッ」

すぐ近くで高く乾《かわ》いた破裂《はれつ》音がした。

全員が反射的に身を屈《かが》める。

最初の銃声《じゅうせい》から一秒もおかず、通りに面した硝子《ガラス》が割れた。立て続けに打ち込まれる弾丸《だんがん》で、ウィンドウは粉々になり床に散る。

エイプリルは咄嗟《とっさ》に椅子《いす》から転がり降りて、テーブルの脚《あし》を両手で摑《つか》んだ。

「DTっ！」

「畜生《ちくしょう》ッ、また女房《にょうぼう》に殺される！」

彼と彼の妻である女主人は、食べ物を粗末《そまつ》にすることを罪悪と思っているのだ。だが今は構っている場合ではない。二人は肩と背中を使って円卓《えんたく》を横に倒《たお》し、止《や》まない銃撃《じゅうげき》の盾《たて》にした。

ようやく他《ほか》の客の悲鳴が聞こえるようになる。もうウィンドウは欠片《かけら》も残っていないので、弾丸は直接店内に飛び込み、花瓶《かびん》を割り食器を粉砕《ふんさい》し壁《かべ》に埋《う》まった。首を捻《ひね》って見回すと、レジャンが飾《かざ》り物《もの》の銅《どう》鑼《ら》の陰《かげ》にいた。踞《うずくま》る老婦人を抱《かか》えるように守っている。不用心にもボブはホールの中央に立ち、腕《うで》を組んだまま動かない。

死んでいるのかと思った。

「ボブボブっ、危ない、危ないよッ⁉」

「私は大丈夫だ」

「大丈夫って、我慢《がまん》大会じゃないんだからッ」

生きてはいるが正気の沙汰《さた》ではない。弾丸は皆《みな》、自分を避《よ》けていくとでも思っているのだろうか。店員達はカウンターの下に隠《かく》れ、ときどきひょっこりと顔をのぞかせた。様子を窺っているのだ。

「何人いるの⁉」

「撃《う》ってきてるのは四人ですー」

顔見知りの店員が裏返った声で答えた。

「おいおいおいおい、どれだけ弾《たま》持ってきてんだよ。駐屯地《ちゅうとんち》でも攻撃《こうげき》に行くとこかぁ⁉」

「機関銃じゃないだけまし！　ねえ何なの？　この店誰《だれ》かの恨《うら》みでもかってるの⁉」

「知らねーよっ、うちの女房に訊いてくれよ」

「じゃあ強盗？」

押し込む前から銃を乱射していたら、金を奪って店を出る頃《ころ》には警察に囲まれているだろう。そんな派手な強盗犯は珍《めずら》しい。

「誰かちょっとは反撃しろ。見てて情けなくなってきたぞ。おいエイプリル、いつもの勝ち気はどうしたんだよっ」

「そんなこと言ったって。未成年がピストル持ち歩いていいと思ってんの？　ＤＴこそカラテで撃退しなさいよ。黒帯なら四人くらい軽いもんでしょ」

「オレがいつ日本人になったってんだ」

まだ断続的な銃撃が止まないのに、厨房《ちゅうぼう》に続く扉《とびら》がゆっくりと開き、この店の女主人が移動してきた。深紅のチャイナドレスで匍匐《ほふく》前進。剝《む》き出しになった白い太股《ふともも》が眩《まぶ》しい。しかしその妖艶《ようえん》さとは裏腹に、顔は背筋も凍《こお》るような怒《いか》りの表情だ。

エイプリルは視線を窓の外に戻した。見なかったことにしよう。

「あーっこら来んなバカ、危ねーだろ、床も硝子だらけだし」

「信じられないわ」

「何がだ、何が。通りの向こうにチラッと光ったと思ったら、あっちゅー間にこの大惨事《だいさんじ》だよ。コーリィ、警察呼べ警察！　通報しろ！」

「あなたまた組織の女に手を出したのね⁉」

えーっ⁉

口をついてでかけた驚《おどろ》きの叫《さけ》びを、エイプリルは必死で呑《の》み込んだ。

「おまえ、んんんなにバカ言ってんだ⁉　オレがそそそんなことするわきゃねーだろがっ」

「だったらどうしてそんなに慌てるのッ。どうせまたマフィアの愛人とでも浮気《うわき》したんでしょう！　この金髪《きんぱつ》好き！」

えええーっ⁉

コーリィは憤怒《ふんぬ》の形相で続ける。今にも夫に摑みかかりそうだ。

「思えばあなたはハイスクールの頃からそうだったわ。ブロンドでグラマラスで大柄《おおがら》な女ばかり追いかけて。けど、どうにか結婚《けっこん》まで漕《こ》ぎつけたから、もう安心と思っていたのに。悔《くや》しいーっ！　いくらわたしが身重であまり構ってあげられなくなったからって、金髪女に走ることはないでしょう！」

「だからオレは浮気なんて……なに、今なんて言った？」

もう我慢が続かなくなって、エイプリルは大きく息を吸い込んだ。思い切り「えー!?」と叫んでやる。だが彼女が口を開くよりも、ボブのほうが一瞬《いっしゅん》だけ早かった。

「おや、おめでとうコーリィ」

「ありがとうボブ」

女主人は頰《ほお》を染めて微笑《びしょう》した。

「えええええええーっ」

叫び声をあげたのはエイプリルではなく、夫であるDTだ。

「こっこっこっこっこんなときにこんな場所で!?」

「いやいやDT、これは日本の諺《ことわざ》だが、出物腫《は》れ物所嫌《きら》わずと言ってね」

「出るのはまだ何カ月も先の話よ」

夫婦の会話に割り込んではいけないと、口を噤《つぐ》んでいるエイプリルだが、そろそろ真面目《まじめ》に襲撃《しゅうげき》している連中が気の毒になってきた。死の恐怖《きょうふ》に怯《おび》えるどころか、店内ではこんなほのぼのトークが展開されているなんて、四人のうち三・八人までは想像もしないだろう。

頭上ではまだ弾丸が空を切っているのに、すぐ横では一時のショックから立ち直ったアジア人が、命名の件でもめている。

「女の子だったら梅か桃《もも》の文字を入れたいわ。男の子ならお祖父様《じいさま》につけてもらいましょうよ。ねえエイプリル、あなたはどう思う？」

「……マンゴーでもライチでも好きにして……」

どうしよう、すごい脱力感《だつりょくかん》だ。憧《あこが》れの女性がバカップル、いや既《すで》にバカ夫婦だったなんて。

エイプリルは自分の脳味噌《のうみそ》の中で、理想の女性像が崩《くず》れてゆく音を聞いた。

「とにかく誰か通報して。でなきゃあたしに戦車とヘルメットを貸して」

「駄目《だめ》よ、エイプリル」

「なんで駄目なの!? じゃあもうこの際、中華鍋《ちゅうかなべ》でもいいわよ」

警察は呼んで欲しい。できれば陸軍も。

「身内のことは身内で片づけるのが街のルールですもの」

「なーに？ コーリィ、親戚《しんせき》間でもめ事でも……」

「しっ、静かに。来るわ」

身内と言ったわけはすぐに判《わか》った。反撃がないのに安心したのか、襲撃者のうちの三人が通りを渡《わた》ってくる。店に入ってきた男達は、皆が黒髪《くろかみ》のアジア系だ。威嚇《いかく》のために大声で叫ぶ決まり文句は、自分には理解できない言語だった。

「ウゴクニャー！」

なんだ、発音が悪いだけの英語だったのか。

「みんなユカにフセロー」

マニュアルどおりの発言というのも考えものだ。そんな命令をされるまでもなく、みな最初から伏《ふ》せている。一人を除いて。

中央に立つボブと目が合ってしまい、一番若い男がぎょっとして銃を構えた。

「ウゴ……」

「動かんよ」

魔王《まおう》は腕組《うでぐ》みをしたままで、正面から相手を見据《みす》えた。形容できない色の瞳《ひとみ》が、眉《まゆ》と睫《まつげ》毛の奥でぎらりと光る。

「私はここで商談をしつつ食事を楽しんでいたのだ。それをぶち壊《こわ》したのはそちらだろう。君等に判るかね？　楽しみにしていたデザートを、皿ごと吹《ふ》っ飛ばされる悲しみが。占《うらな》いの入っているクッキーが、籠《かご》ごと宙に舞《ま》う虚脱《きょだつ》感が。今日の私の運勢は何だったんだ。運試しさえできなくなってしまった。そんな不運に見舞われたこの私が、何故動いてやらねばならんのだ？　足を動かすのは私ではない、君等こそ速《すみ》やかに店を出て行くべきだ！」

ああボブ……時間稼《かせ》ぎありがとう。

「だが出ていく前に要求するぞ。私の胡麻団子を返せ、私の胡麻《ごま》団子を！」

時間稼ぎなのか本気なのか判らなくなってきた。

ボブは腕にステッキをぶら下げたまま、同じ内容を中国語で繰《く》り返した。胡麻団子胡麻団子と連呼している。

襲撃者が予想外の逆ギレ客に戸惑《とまど》ううちに、エイプリルとDTは三人を慎重《しんちょう》に観察した。銃は五挺《ちょう》、お陰《かげ》で二人は両手を塞《ふさ》がれている。残りの一人は団子攻撃に圧倒《あっとう》されている若造だ。至近距離《きょり》で人を撃つ度胸はないだろう。

「いい？　DT。あたしがあの異様に目が充血《じゅうけつ》してる男をやるわ。疲《つか》れ目が治るまでたっぷり睡眠《すいみん》とらせてやる。あんたは左の、髪《かみ》が薄《うす》い男をむしって、じゃなくて潰《つぶ》して。余力のあったほうが若造を始末しましょう。いい？」

「……エイプリル、実はオレ……」

「三、二、一でかかるわよ。三、二、一、ゴー！」

死角になっていたテーブルの陰から、低い姿勢で飛び出した。そのまま充血男の腹に頭と肩《かた》でタックルをかける。相手がバランスを崩した隙《すき》に足を払《はら》い、武器を抱《かか》えたまま仰向《あおむ》けに転がす。男は見当外れの方向に発砲《はっぽう》し、二発の弾丸《だんがん》が天井《てんじょう》に穴をあけた。

尻餅《しりもち》をついた充血男の手首を踏《ふ》み、細い煙《けむり》を吐《は》く右の拳銃《けんじゅう》を蹴《け》り飛ばした時に、若造がやっとエイプリルに銃口を向けた。だがすぐにボブの振《ふ》り上げたステッキで、凶器《きょうき》は叩《たた》き落とされてしまう。

　充血男の左手首も踏みつけてから、エイプリルはポケットから出したささやかな武器を、迫《はく》力《りょく》のない若造に突《つ》きつけた。

「ウゴクニャー！」

　発音まで真似《まね》ることはなかったかも。

　掌《てのひら》に収まる銀色の塊《かたまり》は、確かに銃の形をしている。だがいかにも軽そうで口径も小さく、女性が護身用に持つにしても華奢《きゃしゃ》すぎる。こんな武器で両手を挙げてしまうのは、恐《おそ》らくこの若造くらいだろう。

「未成年がピストル持つのには大反対だけど、あたし自身が持たない主義だとは言ってないはずよ」

　小さなリボルバーが実際に役に立つかというと、その点は甚《はなは》だ疑わしい。人間に向けて撃《う》ったことがないからだ。だが、祖母の遺品の中にあった銀の作品は、世界にたった一つしかない芸術品だ。可能な限り小型軽量化した各パーツは、このサイズながら完璧《かんぺき》に作動する精巧《せいこう》さだ。グリップに施《ほどこ》された彫刻《ちょうこく》は、絡《から》みつく蔦《つた》を描《えが》いている。

　ただし装填《そうてん》できる弾《たま》数は少ない。武器としての殺傷力にも問題がある。

　彼女はこれを御守《おまも》りがわりに身に着けているが、使わずに済むことを願ってもいた。今日まではでは。

「動かないで！　さあ大人しく両手を頭の後ろに。至近距離ならこの子も結構使えるのよ」

だがすぐに、背後で撃鉄《げきてつ》の起きる音がして、低く二枚目風な声が、エイプリルに冷たく命令する。髪の薄い男が無傷で残っていたのだ。

「お前が動くな」

「ちょっと嘘《うそ》、これってなんかの詐欺《さぎ》？　声だけ聞いたらあなた相当男前じゃないの」

「失礼な女だな、顔も男前だぞ」

しかも英語も流暢《りゅうちょう》だ。ということは問題は頭部だけ。是非《ぜひ》とも帽子《ぼうし》の着用をお薦《すす》めする。

手の中のささやかな武器を捨てるか迷いながら、それにしてもＤＴはどうしたのだろうと思う。不運に見舞《みま》われていなければいいのだが。

「この中にエーディット・バープとかいう婆《ばば》ぁがいるはずだ」

「ちょっと、口を慎《つつし》みなさいよ。ご婦人に対してババアとは何よ」

「黙《だま》れガキ。おい、誰《だれ》がバープだ？　早く名乗りでねーとこのガキが死ぬぞ」

「ちょっと、もっともっと口を慎みなさいよ。レディに対してガキとは何事よ」

「いいからお前はそいつの上からどけ！」

充血男の手首から足を退《ど》かすが、相手はとっくに気を失っていた。若造が慌《あわ》ててエイプリルの武器を取り上げようとする。まったく、薄禿《うすは》げ男担当のＤＴは何をしているのか。

壁《かべ》近くで情けない返事があった。顔を殴《なぐ》られたらしく、声がくぐもっている。

「すまにぇえエイプリル、実はオレ、髪の薄い男が大の苦手で」

「はあ!?　なによ、なんなのよヘタレ男！　蜘蛛《くも》や油虫なら判るけど、禿《は》げかけたおっさんが苦手の冒険《ぼうけん》家なんて聞いたことないわよ！　あんたときたら真のヘタレ男ね」

ようやく金縛《かなしば》りが解けたらしく、若造がエイプリルの銃もどきを取り上げた。思わず舌打ちしてしまう。母親がいたら卒倒《そっとう》しそうだ。それもこれも不甲斐《ふがい》ない相棒のお陰だ。明日からはダメ男と呼んでやる。

「ごめんなさいねエイプリル……夫に成り代わって謝るわ」

「あ、いえいいのよコーリィ。誰にだって苦手なものはあるし」

しおらしい態度にでられると弱い。

「実はこの人のお父様が同じような髪型《かみがた》で……子供の頃《ころ》に色々と確執《かくしつ》があったのよ。それですっかり薄禿げ嫌《ぎら》いになってしまって……」

うちのパパには一生会わせられない。

「でも、夫の不始末は妻の不始末よ。夫婦ってそういうものだと思うの……だから……」

不穏《ふおん》な空気を感じて振り向くと、ちょうどコーリィが三十センチほど宙に浮《う》いたところだった。身体《からだ》を斜《なな》めにした男の顔面に見事なハイキックが決まる。鼻の骨が潰れる音がした。仰《の》け反《ぞ》った顎《あご》を左足で蹴り上げると、血の帯を引きながらゆっくりと背後に倒《たお》れていく。コーリィの両足が地面につくと同時に、男も床《ゆか》に後頭部を打ち付けた。素晴らしい脚技《あしわざ》だ。

「……わたしが片をつけたけど。良かったかしら?」

いいですとも! 店中が拍手喝采《はくしゅかっさい》だ。あのセクシーなスリットは、この攻撃《こうげき》のためにあったのだろうか。

一人残された若造は、言われる前から両手を挙げている。女主人は店内の惨状《さんじょう》を見回すと、元凶《げんきょう》である青年の頰《ほお》に指を滑《すべ》らせた。

「坊《ぼう》やったら。コーリィの店をこんな風にしておいて、黙って帰ろうなんて思ってやしないわよね?」

美しいだけに恐ろしい。若造は顔面蒼白《そうはく》だ。

「しかもわたしたちは同じ祖国を持つ同胞《どうほう》だわ。血を裏切るのは許し難《がた》い行為《こうい》よ。さあ、どいつに雇《やと》われたのか言っておしまいなさいな。謝罪も償《つぐな》いもそれからよ」

赤い爪《つめ》の先でつっと頰を掻《か》く。

「ド、ドイツニ……」

「わたしの言葉を繰り返す必要はないのよ」

コーリィの右手が高々と上がる。

「待って! 彼なりに白状しようとしているみたい」

「ド、ドイツ人が……ババアを脅《おど》せト」

若造は通りの向こうを見た。視線を追ったエイプリルの目に、人混みの中に消えかけた背中が映った。切り揃《そろ》えられた明るい茶色の髪と、上着丈《うわぎたけ》の長い黒っぽいスーツ。四人組の一人というよりは、彼等を雇ったドイツ人と考えるべきだろう。

ほんの一瞬《いっしゅん》だけ男が振り向き、短い前髪《まえがみ》の下から独特の鋭《するど》い眼《め》がのぞく。茶に、細かい光を撒《ま》いたような瞳。

「DT、追って！」

近い将来父親になる予定のアジア人は、ヨタヨタと情けない足取りで駆《か》けだした。彼は少し女房《にょうぼう》に勇ましさを分けてもらうべきだ。

「あの男に雇われたのね。バープさんを脅すために。でも何故《なぜ》……」

「皆様《みなさま》方に接触《せっしょく》するのをやめさせようとしたのだと思います」

フランス人医師に支えられながら、老婦人が銅鑼《どら》の陰《かげ》から出てきた。立っているのがやっとという有様だ。黄ばんだ紙をエイプリルに差しだし、残る右手で心臓の辺りを摑《つか》んでいる。

「箱を取り戻《もど》すために、動かれると困るのです。ミス・グレイブス、これをあなたに渡《わた》さなくては……」

「大丈夫《だいじょうぶ》？　バープさん。箱のことならあたしたちが何とかするから、あなたは早く医者に診《み》てもらったほうがいいわ」

レジャンがまた、僕は医者だと言いたそうな顔をした。

「いいえ……ええ……病院には行きます……でもその前に、これをお読みになって」

渡された数枚を軽く折って、胸のポケットに刺《さ》し入れる。エイプリルは老婦人の冷たい指をぎゅっと握《にぎ》った。

「安心して。『鏡の水底』は絶対に取り戻して、どんなに遠くても本来の持ち主の所まで返しに行くから」

「違《ちが》うんです。遠くなどないのです」

「その書類をよく読むといい」

「え？」

ボブは転がっていた椅子《いす》を起こし、ゆっくりと腰《こし》を落ち着けた。床をステッキで数回叩くと、彼の周りの硝子片が弾《はず》んで離《はな》れてゆく。彼の微笑《ほほえ》みのない顔から目を逸《そ》らせぬまま、エイプリルは最初の紙片を開いた。

見慣れた名前が飛び込んでくる。

尚、この櫃「鏡の水底」は、ヤーコプ・バープの死後速やかに本来の所有者であるヘイゼル・グレイブスに返却すること。

「……おばあさまが？」

「ヘイゼルがまだ三十そこそこだった頃に、西アジアで『鏡の水底』を発見したのだよ。だが彼女はバープ氏たっての願いで、研究、解読のために箱を預けたんだ。彼女にはもう一つ、重要な探し物があったからね」

「でも、おばあさまはもう……」

「そうだ。そしてヘイゼル・グレイブスは自らの後継者《こうけいしゃ》にきみを選んだ」

挟《はさ》み込まれていた写真を見て、爪の丸い指先が震《ふる》えた。似ている。

ボブの宣告が頭上から降ってくる。

「箱の所有者はきみだよ、エイプリル」

3　ベルリン

　フロント係は筆で書いたような髭《ひげ》の男で、黒髪《くろかみ》をぴったりとオールバックに固めていた。表面にゼラチンでも塗《ぬ》ったみたいな輝《かがや》きだ。

「ホテルを変えるわ。荷物を運ばせて」

「かしこまりました。どちらにお届けすれば宜《よろ》しいでしょう」

　まったく格の違う宿の名を聞いても、当然相手は驚《おどろ》きもしなかった。

「勘違《かんちが》いされたくないんだけど、ここのサービスに不満があるわけじゃないのよ。ただあたしは……あれが気にくわないの」

　黄色い光と花に溢《あふ》れたロビーの正面に、大きく掲《かか》げられた鉤十字《かぎじゅうじ》を示す。無粋《ぶすい》な軍服の連中が我が物顔に歩き回っているのも目障《めざわ》りだ。

「台無しよね。こんなに美しいホテルなのに」

　笑うことしかできないだろうが、胸中では同意しているかもしれない。

「オークションにはご出席いただけますか」

「それはもちろん。そのためにベルリンまで来たのですもの」

三年ぶりに訪《おとず》れたドイツ国内は、張り詰《つ》めた空気に満ちていた。道路を緑色の軍用車が走り、人々はそれを避《さ》けて歩いている。通りにはやたらと軍人が多く、子供までもが同じ色の服を着ていた。

更《さら》に、街中の至る所に、無粋な鉤十字が掲げられている。

「仏教のマークだと思えばいいんじゃねーの」

「あんたはほんとにお手軽でいいわね」

「……何だよ、その大人を小馬鹿《こばか》にした言い方は。まったく可愛《かわい》げがねえったら」

「目の前に襲撃《しゅうげき》の首謀者《しゅぼうしゃ》がいたのに、みすみす取り逃《に》がすのが大人ですか」

ＤＴは喉《のど》に雲呑《ワンタン》でも詰めたみたいな顔をした。口の中で言い訳を繰《く》り返す。四日前に殴《なぐ》られた下顎《したあご》には、大きな湿布《しっぷ》が貼《は》ってあった。

エーディットが回復するのを二日待って、彼女を伴《ともな》って空路フランスに渡った。彼女を娘《むすめ》夫婦の元に送ってから、一行は陸路でドイツに入国した。もちろん、飛行機の座席よりは鉄道の個室のほうが快適だし、荷物の検査も緩《ゆる》やかだ。

だが陸路を選んだ理由はそれだけではない。

隣席《りんせき》の乗客や添乗員《てんじょういん》に邪魔《じゃま》されず、ゆっくり考える時間が必要だったのだ。

この世のものならぬ強大な力を持つ木箱を、敵の手から取り戻す。よりによって敵はドイツ独裁政権だ。ボブは現地にいる協力者に加勢させると言ってくれたが、そんな少人数でナチス相手に何ができるというのだろう。

窓硝子に額と焦《こ》げ茶《ちゃ》の前髪を押し付け、聞かれないようにそっと溜《た》め息《いき》をついた。こんな弱気なエイプリル・グレイブスを、DTとレジャンに見せてはいけない。

窓の外に広がるヨーロッパの春は美しく、映画や絵本の中にでもいるようで、退屈《たいくつ》するということはない。特に山と緑に囲まれた古城の姿は、合衆国では絶対に見られない風景だ。

とはいえ、旅を楽しみ異国の空気を満喫《まんきつ》するのは、目的を果たした後でいい。

エイプリルは渡された紙片に目を通し、箱の写真をじっくりと観察した。

写真は白と黒で構成されているため、実際の色調は判《わか》らない。だが、後に付けられたらしい縁《ふち》取《ど》りの紋様《もんよう》や、ボディの装飾《そうしょく》は以前目にしたものに酷似《こくじ》していた。

祖母が最期《さいご》を迎《むか》えたあの日、青い炎《ほのお》を発していた箱だ。

「ねえDT、おばあさまは本当に死んだと思う？」

コーヒーを零《こぼ》さないように気を遣《つか》いながら、居眠《いねむ》りしかけている相棒に尋《たず》ねた。

「……んは？　ヘイゼルが？　今さらなにを言ってんにゃろ」

駄目《だめ》だこりゃ。

　ドイツの新聞を読んでいたアンリ・レジャンが、顔を上げもせずに訊《き》き返した。

「僕は葬儀《そうぎ》に出席できなかったんだけど、古い邸宅《ていたく》の火事だったそうだね」

「ええ。前の年に手に入れたばかりのね。南北戦争時代の建築物だとかで、とてもお気に入りだったのよ」

「ボブに聞いた話では……残念ながら遺体は収容できなかったとか」

「そう、何もかも燃えてしまったの。何もかもよ。あまりにも高温で燃え続けたから、家も家具も遺体も混ざり合ってしまったんですって。多分、あたしが見たあの箱も。でもそんなことってあるのかしら。火薬庫でも工場でもない普通《ふつう》の火事だったのよ。一体何が髪《かみ》も骨も溶《と》かすほど燃えたのかな」

　エイプリルは写真から視線を外し、過ぎゆく緑と羊を眺《なが》めた。

「そんなことってあると思う？」

「よせよー。お前さんがそんなこと言ってると、ヘイゼルだって成仏できねーだろうよぅ」

「……そうね。そうかもしれない」

　それきり祖母の死は話題に上らなかったが、白と黒の写真を見るたびに、エイプリルは悪夢のような光景を思い出した。

「この、装飾部分に彫《ほ》られた文字と模様は何なの？」

「うーん、僕が見た時は装飾自体がなかったからね。後になって付けられたものだと思うけど。

文字はともかく、そっちの獣《けもの》はね、バープ氏の調査によるとイシュタール門のライオンに似ているそうだよ」

「紀元前じゃないの！」

「そういうことになるね」

「そんなバカな！　紀元前の木箱が腐《くさ》りもせずに現存するはずがないわ。石や青銅ならまだしも」

レジャンは新聞を四つ折りにして、隣《となり》の空席に放り投げた。夜行列車のコンパートメントには彼等三人だけ、空間には多少の余裕《よゆう》がある。

「腐食《ふしょく》を防ぐ措置《そち》がしてあれば、絶対不可能とは言わないけど。まあ八割方、後世に模倣《もほう》して描《えが》かれたものだろう。縁取りにびっしり刻まれた文字だけど、文法自体はギリシャ語に似ている。まったく同じとはいえないまでも、親戚《しんせき》関係くらいには近いんじゃないかな」

「バープ氏はこれも解読しようとしていたのね……扉《とびら》は清らかなる水をもって開き、それをもってしか開いてはならない……清らかな水って、いわゆる聖水かしら。それともどこかの特別な海水か、秘境にある川か湖の……」

「それは知らなくてもいい」

彼にしては珍《めずら》しい硬《かた》い声で、レジャンが言葉を遮《さえぎ》った。不審《ふしん》に思って覗《のぞ》き込むと、レンズの奥の黒い虹彩《こうさい》の中に引き込まれそうになった。エイプリルは背筋を震わせた。

今初めて気付いたが、この男の瞳《ひとみ》はどこか普通と違う。地球上において、髪と目の黒い者は多数派だ。DTやコーリィのようなアジア系や、アフリカ系の人間も殆《ほとん》どがそうだ。だが一口に黒といっても、しっかり見れば濃茶《こいちゃ》や濃灰色が混ざっているものだ。

彼は違う。純粋《じゅんすい》に黒しかない。

「どう、して……ごめんなさい、ちょっと喉が」

動揺《どうよう》しているのを悟《さと》られたくなくて、エイプリルは一度咳払《せきばら》いをしてから訊き直す。

「知らなくていいって、どうしてそういう発言になるの？　箱の所有権はあたしに移ったはずよね。オーナーが知りたくなるのは当然じゃない」

フランス人医師はすぐに穏和《おんわ》な口調に戻《もど》り、諭《さと》すように先を続けた。

「確かに発見したのはヘイゼルだし、彼女の後継者《こうけいしゃ》はエイプリル、きみだ。いずれかの国や団体が自国の文化遺産であると主張してこない限り、書類上の所有者はきみということになる。でもだからといって、きみがアレを持つことが最良の選択《せんたく》かというと、イエスと言うわけにはいかないんだ。考えてごらん、最初に遺跡《いせき》を発掘《はっくつ》したからといって、正しい所有者になるとは限らない」

「おばあさまを盗掘《とうくつ》人と一緒《いっしょ》にするつもり？」

「とんでもない！　ヘイゼルは立派だ。箱を悪用しようとは考えもしなかった。今回のようにあれを欲しがる者は幾《いく》らでもいる。皆《みな》、金に糸目はつけないだろう。でもヘイゼル・グレイブスは儲《もう》けようとはしなかった。国や組織に強大な力を渡《わた》すのを拒《こば》み、自分の手柄《てがら》さえ公《おおやけ》にはしなかったんだ。極秘裏《ごくひり》にバープ氏に箱を預け、秘密を追及《ついきゅう》することだけを望んだんだよ」

DTが大きく船を漕《こ》いだ。だらしなく口を開けたままで眠《ねむ》っている。

「あたしにもそうして欲しいのね」

「いや」

レジャンは寂《さび》しげに首を振《ふ》り、人差し指で眼鏡《めがね》を押し上げた。

「悪意ある連中に知られてしまった以上、今までと同様ではいられないだろう。どうにかして防がなくてはならないよ。ナチスがあれを戦力として使う前に、箱も鍵《かぎ》も何とか取り戻さなくては。そして二度と悪用されないように、一刻も早く安全な場所に葬《ほうむ》ってしまわなければ……約束してくれエイプリル、もしも首尾《しゅび》良く『鏡の水底』を取り戻せたら、どこか見つからない場所にあれを葬り去ってほしい」

「でもレジャン」

「人の手に触《ふ》れてはいけないものなんだ」

祖母の言い遺《のこ》した言葉と重なる。

熱心なフランス人医師に説得されて、エイプリルは頷《うなず》くことしかできなかった。普段の自分ならもっと反抗《はんこう》的だったろう。強く言われれば言われるほど、勝ち気な部分が顕《あらわ》れる性分《しょうぶん》だ。

相手のいいなりになるエイプリル・グレイブスなど、自分自身でも想像できない。

なのに。

「何故《なぜ》あなたの言い分が正しく思えるのかしら」

「正しく聞こえるかい？　だとしたら僕が必死だからじゃないかな」

鉄骨を網《あみ》のように組み上げた高い屋根が、どんどん近くなってきた。

「信じてもらいたくて必死なんだ。いや、信じてもらわなければならないんだよ。全《すべ》て真実だ、全て本当のことなんだ。僕に何故こんな知識があるのか疑問に思うだろうね。きみたちに不信感を持たれるかもしれない……僕はねエイプリル、僕は……」

ブレーキがかかり、車輪とレールが擦《こす》れ合った。軋《きし》む音を響《ひび》かせて、列車がホームに滑《すべ》り込む。レジャンは自嘲《じちょう》気味に微笑《ほほえ》んで、明るい窓にカーテンを引いた。

ホテルの呼んだタクシーに乗ろうとすると、白い車を押し退《の》けるようにして黒い車体が目の前に止まった。ＤＴが楽しそうに呟《つぶや》く。

「おおー、オレたちモテモテ。白ベン対黒ベン」

「タクシーの車種なんか何だっていいけど」

黒いメルセデスのドアが開いて、これまた黒い軍服姿の男が降りてきた。歩道を歩いていた数人が、目が合わないようにと俯《うつむ》いた。髑髏《どくろ》の徽章《きしょう》のついた帽子《ぼうし》をきっちりと被《かぶ》り直してから、エイプリルに向かって上辺だけの微笑を見せる。

「どちらへ？　お嬢《じょう》さん方」

「……ホテルを変わるのよ」

「ほう、それはまた何故？」

彼は大袈裟《おおげさ》に肩《かた》を竦《すく》めた。左腕《ひだりうで》には鉤十字の赤い腕章《わんしょう》があり、耳の上に残った金髪《きんぱつ》が、午後の日差しを受けて輝《かがや》いている。頬《ほお》に貼《は》りついた皮肉っぽい笑《え》みは、外国人をからかうことを明らかに楽しんでいた。

「ベルリンでは最高級のホテルだ。お嬢さんのようなアメリカからのお客様にもご満足いただけるだろうと総統はお考えなのだが。ああ、もっとも……」

優越《ゆうえつ》感に満ちた青い瞳が、アジア系アメリカ人をちらりと見る。

「……お連れの方にとっては少々居心地《いごこち》が悪いかもしれませんな」

「あなたには関係のないことよ」

「そういうわけには参りませんね、フラウ・グレイブス。私はお嬢さん方がドイツに滞在《たいざい》する間、身の回りのお世話をするように申しつかっておりますから。さあお乗りください、どこへなりとお送りいたしますよ。おや、あのフランス人はどうしました？　母国のフットボールと同様に、彼の行動も統率が取れず奇妙《きみょう》ですな」

「レジャンに言わせれば、この国のサッカーこそ守ってばかりで華《はな》がなくつまらないそうよ。あと二、三回生まれ変わらなきゃ、ドイツサッカーの良さはとてもじゃないけど理解できないって言ってた」

慇懃《いんぎん》無礼な物言いに苛《いら》ついて、エイプリルはベンツを避《さ》けて歩きだした。

「そんなに監視《かんし》したいのなら、お好きなようになさったら。悪名高き親衛隊も昼間は結構お暇《ひま》でらっしゃるのね」

「とんでもない！」

彼女のスピードに合わせて車もついてくる。男は長い脚《あし》でエイプリルの前に回り込み、行く手を塞《ふさ》ぐよう立ちはだかった。

「オークションの円滑《えんかつ》な進行は、我々文化省将校の重要な任務ですよ。そのためにはお嬢さんのように遠方よりいらした出席者にも、ご満足いただけるよう手配を……」

「そこをどかないと、男として使いもんにならなくするわよ。あらごめんなさい、あたし今、下品なこと言ったかしら？　ドイツ語が不自由なものだから」

「とんでもない。あなたの言葉は完璧《かんぺき》ですよ。ただし些《いささ》か無教養な庶民《しょみん》風の訛《なま》りがありますな。教師選びを間違《まちが》われたのでしょう」

嫌味《いやみ》以外を言えないのだろうか。

列車を降りてすぐに付きまとい始めたこの男は、二十代半ばにして親衛隊中尉《ちゅうい》だ。エイプリルには、人の上に立つ者の資質などまるで持ち合わせていないように感じられるのだが、ただ単純に容姿だけを見れば、若くしてその地位にいるのも頷ける。

ヘルムート・ケルナーは典型的なアーリア人で、ヒトラーの愛する優生遺伝子の持ち主だ。この男ほどSS制服の似合う者はいないだろう。駅のホームで自信に満ちた笑いを浮《う》かべられたとき、エイプリルは嫌悪《けんお》と共にそう感じた。

彼女達三人はベルリンで開催《かいさい》される美術品のオークションの客ということになっている。党が収集した絵画等のオークションは、今年になってもう何度も行われている。海外からの出席者も少なくなく、入国理由としては最も無難だ。実際にレジャンはボブからの委任状を携《たずさ》え、不幸な境遇《きょうぐう》の作品を一点でも多く救うつもりでいた。

駅で最低限の荷物を手に、列車のタラップを降りると、金髪碧眼《きんぱつへきがん》の青年《ケルナー》が愛想《あいそ》笑いで待ち受けていた。滅多《めった》に聞かないボブの姓《せい》を口にして、代理の皆様《みなさま》ですねと右手を差しだす。レジャンとエイプリルとだけ握手《あくしゅ》を交《か》わし、東洋人であるDTなど見えていないような態度だ。

「お目にかかれて嬉《うれ》しい限りです、フラウ・グレイブス。文化省所属のヘルムート・ケルナー中尉であります。今更《いまさら》とは思いますが、お祖母様のことは我々も非常に残念だ。どうかお力を落とされませぬように。あの方は大聖堂の建設にご寄付を……」

「まあ、二年も昔のことをご丁寧《ていねい》にありがとう」

ケルナーはほんの僅《わず》かな間だけ眉《まゆ》を顰《ひそ》めたが、すぐに余裕《よゆう》の笑顔に戻った。オークションの期間中、海外からのゲストをもてなすのが任務だという。要するに体裁《ていさい》のいい監視役である。

どうやら今夜の催《もよお》しに参加する客は、自分達で最後らしかった。

「さ、フラウ・グレイブス。お車の用意が」

DTが落ち着かなげに囁《ささや》いてきた。

「なあ、お前さん偽名《ぎめい》使ってる？」

「使ってないけど」

「じゃあ何でフラフラ呼ばれてんだよ」

DTはまったくドイツ語が話せないのだという。

「その代わり、漢字はバッチリ読めるぜ」

自慢《じまん》にならない。

しかしこれでこの不愉快《ふゆかい》な監視役の、少々お粗末《そまつ》な英語能力が判明した。標準的な発音なら理解できるようだが、訛りや早口には対処できないようだ。特にチャイナタウン風とか、フランス語混じりの呟きとか。

ブランデンブルク門近くのホテルに案内されてからも、ずっと誰《だれ》かに見張られているような気はしていた。知人から情報を仕入れに行くというレジャンは、首尾良く監視下から脱出《だっしゅつ》したようだが、あまりの居心地の悪さに拠点《きょてん》を変えようとしたエイプリルたちは、運悪くケルナーに捕《つか》まってしまった。

邪魔《じゃま》な身体《からだ》を押しのけて歩き続けると、SS中尉は喋《しゃべ》りながらついてくる。すれ違う通行人は俯いて眉を顰め、決して目を合わせようとしない。

「いやそれにしてもお連れのアジアの方は、ユニークだ。見れば見るほど我々と同じ種類の生き物とは思えませんね。ダーレムに大規模な民族博物館建設の予定があるのですが、いっそ頭にチョンマゲ載《の》せて、そこに展示しておきたいくらいだ」

ドイツ語を理解できないDTは、ケルナーを横目で見ながら小声で尋《たず》ねてきた。相手のテンションが薄気味《うすきみ》悪くなったようだ。

「そいつ何て言ってんだ？　オレのこと見てニヤニヤして」

「あなたがとってもチャーミングだって、延々と褒《ほ》め称《たた》えてる」

「げー、なななんだよ、気色の悪ィ」

「なんだかやっと巡《めぐ》り逢《あ》った理想のタイプみたいよ。女より男が好きなのかもね」

「うひょえー！」

ＤＴは酢《す》でも飲んだみたいな顔をした。続いて、両手を合わせ大真面目《まじめ》に頼《たの》み始める。

「頼むエイプリル、言ってやってくれ！　オレは美人の女房《にょうぼう》持ちで、もうすぐ親父《おやじ》になる幸せ者だってさ」

彼を日本人と勘違《かんちが》いしている男は、拝むポーズを見てまたまた興味を持ったようだ。

「何と言ってるんだ」

「彼はあなたの何十倍も女性にモテるってことを、どうか内緒《ないしょ》にしておいてくれと頼まれているのよ。あなたが気を悪くするといけないからですって」

「何⁉」

「ドイツの人には想像できないかもしれないけど、ニューヨークでは彼のせいでギャング同士の抗争《こうそう》まで勃発《ぼっぱつ》したわ。ボスの娘《むすめ》と情婦の両方が、この人に骨抜《ほねぬ》きにされてしまったせいで。そうねー、ちょうどあなたみたいな明るいブロンドで、背の高い大柄《おおがら》な女性だった。彼の元には不思議とそういうタイプが寄ってくるのよね」

「……そういうタイプが……」

将校が顎《あご》を撫《な》でて考え込む。ほんのちょっとだけ気が晴れた。

だが、このままずっと付きまとわれては仕事にならない。早いところ監視を振《ふ》り切って、少しでも多くの情報を入手しなくては。

「DT、囮《おとり》になってケルナーを連れてってよ」

「やだよ、何でオレが」

「だって彼はあなたのチャーミングさにメロメロなのよ？　あなたと一緒ならあたしを追わないに決まってる」

「冗談《じょうだん》じゃねえ、もしドジ踏《ふ》んでこっちが不利になったら貞操《ていそう》の危機じゃんかよ」

「そのときは諦《あきら》めて民族博物館にでも展示されてちょうだい」

　チョンマゲつけて。

「そんで、オレにナチを押し付けといて、お前さんはどこへ何しに行くのよ？　一人で名物料理とか食ってやがったら、今度こそオレはタッグを解消するぜ」

「ライオンを見に行く」

「ライオンをォ？　あーそういや駅近くに動物園があったな」

　相棒は諦めの溜《た》め息《いき》をつき、徐行《じょこう》していたメルセデスの脇《わき》に回った。助手席のドアに手を掛《か》けながら、小学校の先生みたいな発音で言う。

「元気ですか？　ありがとう、ワタシは元気です。クルマに乗ります。あなたも乗りますか？」

「はい、ワタシも乗ります」

　正しく理解できたケルナーが、エイプリルのために急いでドアを開ける。彼女が後部座席に滑《すべ》り込んだのを確認《かくにん》して、将校は反対側から乗り込んできた。彼が扉《とびら》を閉めるのと同時に、助手席に乗り込んでいたDTが運転手にタックルをかけ、そのままの勢いで道路に蹴《け》り落とす。

「お客サーン、どちらまでー？」

慌《あわ》てる将校を後目《しりめ》にエイプリルが素早く降りると、DTはベンツを急発進させた。後ろの席でケルナーがひっくり返るのが見える。

「だから言ったでしょ、ヘルムート・ケルナー中尉。うちの相棒は大柄な金髪《きんぱつ》美女が大好きなんだから」

せめて束の間の異文化コミュニケーションを楽しんでくれるといいのだが。

蹴り落とされた運転手が復活する前に、エイプリルは先程の白ベンツに飛び乗った。今度こそ本物のタクシーだ。

「博物館まで！」

「どこの博物館だい？」

「え？　ライオンのある所よ」

「ああ、ライオンね。ドイツで一番古いとこだ。知ってるかい？　あそこはヴィルヘルム四世が作らせたんだぜ」

白ベンは何故《なぜ》か方向転換《てんかん》をした。

確かにライオンはいるだろう。いや、恐《おそ》らく虎《とら》もゴリラもいただろう。

動物園の前で降ろされかけたエイプリルは、そのまま後部シートに逆戻《ぎゃくもど》りし、正反対の方向へと言い直さなければならなかった。

「……あたしがいつ動物園なんて言ったのよ」

「だってお客さん、ライオンライオンて鼻息荒《あら》かったじゃないか。こりゃ余程のライオン好きなんだろうと思って、猛《もう》スピードで走らせたのによ」

「イシュタール門の彫刻《ちょうこく》が見たかったの。それからバビロニアの文字も確認したかったの」

気のよさそうな運転手は、じゃあとりあえず大聖堂近くにつけますよと、門の下を走り抜《ぬ》けた。平日の昼間だというのに、街には活気が感じられない。建物の窓が閉まっているわけでも、人通りがないわけでもなかったが、人々が日常を楽しむ空気が感じられないのだ。

「なんだか前より淋《さび》しい国になったみたい」

「そんなこたないですよ。国民の心はひとつだし、日曜のパレードになりゃ道という道が熱狂《ねっきょう》的な市民で埋《う》まる。ちょっと前までの不景気なだけの頃《ころ》と比べたら、誰も彼も希望に満ちてまさあ」

「……そうなの」

「そうですよ。紙吹雪《ふぶき》や花びらを山ほど撒《ま》いてね」

では単に、価値観の相違《そうい》というだけかもしれない。アメリカ人である自分の眼《め》には、控《ひか》えめな色合いの服装で硬《かた》い表情のまま歩く女達や、軍服をそのまま小さくしただけの格好で、身体のどこかに必ず鉤十字の章を着けた子供達が、ひどく奇妙《きみよう》に映るのだ。

久々の休暇《きゆうか》を楽しむ様子でもなく、ただ無表情に街をゆく軍人達に、説明できない不安を感じる。

「あたしの思い過ごしかも……待って！」

追い越《こ》しかけた歩行者の顔を見て、エイプリルはぎょっとしてシートの上で身体をずらした。必死で頭を窓より低くする。どうやら見られずに済んだようだ。相手はやはり制服姿の軍人で、無表情どころか怒《おこ》ったように歩いている。二十代半ばは過ぎているだろう。眉間《みけん》に寄せられた皺《しわ》がなければ、恐らくもう少し若くも見えるのに。

彼もケルナーと同じ親衛隊の人間だ。漆黒《しつこく》の将校服と白い手袋《てぶくろ》の対比が目に痛い。だがそんな色よりももっと、エイプリルの心臓を摑んで離《はな》さないものがあった。

あの茶色だ。

「どうしましたね、お嬢《じよう》さん」

急にスピードを緩《ゆる》めれば、相手の男に怪《あや》しまれるだろう。運転手はこれまでどおりにアクセルを踏みながら、後部座席の客に声をかけた。

「いくら極悪非道なＳＳの連中だって、外国人旅行者までは連行しねえさ。そんなに首を引っ込めなくとも大丈夫《だいじようぶ》だって。それともアレか、失踪《しっそう》中の恋人《こいびと》かなんかかね？」

「まさか！」

確かに同じライトブラウンだ。

髪《かみ》の色もそう。日が差せば所々金茶にも見える。そして何よりあの瞳《ひとみ》だ。先日も今も一瞬《いっしゅん》しか覗《のぞ》けなかったが、薄茶《うすちゃ》に銀の光を散らした、引き込まれるような独特の虹彩《こうさい》。あんな眼を持つ者はそう多くはないだろう。

彼だ。

間違《まちが》いない、あの男だ。

東洋人三人組に金を渡《わた》し、コーリィの店をボロボロにしたドイツ人だ。ミス・バープを脅《おど》すために、あたしたちを襲撃《しゅうげき》した男。通りを隔《へだ》てて一瞬絡《から》んだだけだが、あの瞳を間違えるはずがなかった。

エイプリルは軽く唇《くちびる》を噛《か》む。ナチスの、しかもＳＳの将校だったのだ。

「あー確かにいい男だけど、でもなんか凄《すげ》え近寄りがたい雰囲気《ふんいき》だな。将校殿《どの》は夜の街じゃ結構な人気だが、あんなおっかない顔してちゃ女の一人も寄りつかねーだろうなあ……ありゃ？　珍《めずら》しいもん見ちまったな」

口数の多い運転手は、後方へと遠ざかってゆく親衛隊員の姿をルームミラーで眺《なが》めながら意外そうな一言を漏《も》らした。

「なに？」

「あー、いや別にどってこたないんですがね。あの軍人さん。どっか引っかかる、どうも違和《いわ》感《かん》があると思ったら……」

ルームミラーを右手で摑《つか》み、客に見えるようぐっと捻《ねじ》った。

「見えますかね？　ホラ、髪が茶色でしょ。ちょっと遠いけど目も青かなかったでしょ。それがちょっと珍しいと思ったんスよ。何せ総統閣下直属の親衛隊員は、みな金髪で青い目の連中ばっかだからね」

「そういえば……そうね」

ヘルムート・ケルナーはいけ好かない男だが、アーリア人としての外見は完璧《かんぺき》だ。白い肌《はだ》、青い目、通った鼻筋と陽光に輝《かがや》く金髪。

駅やホテルでも軍人達とすれ違っているが、この特徴《とくちょう》から外れる者は、まず間違いなく灰色か緑の制服だった。黒を身にまとい悠然《ゆうぜん》と歩いているのは、ごく一部の選ばれた人間だけだったのだ。

根拠《こんきょ》もない馬鹿《ばか》げた理論に当てはめれば、グレイブス家ではダイアンだけに資格がある。蜂《はち》蜜《みつ》色のブロンド娘《むすめ》と比べると、父も母もエイプリルも、偉大《いだい》なるグランドマザー、ヘイゼル・グレイブスさえも劣《おと》ることになるのだ。

「もっと年取ったお歴々の連中なら頷《うなず》けるが、あの年代ではやっぱり珍しいや。きっとなんか恐ろしい特殊技能《とくしゅ》があるんだろうなあ。よっぽど名門のお家柄《いえがら》だとか」

「ああ、つまりバカ坊《ぼっ》ちゃんね」

口では冷静にそう喋《しゃべ》りながらも、エイプリルの心臓は異常な鼓動《こどう》を繰《く》り返していた。あの男が店をズタズタにし、あたしたち皆《みな》を机の下に潜《もぐ》り込ませたのだ。エーディットが箱を取り戻《もど》す気になって、ボブに相談を持ちかけないように。

あたしとDTが恐れをなし、依頼《いらい》された仕事を断るようにだ。

急に血液が頭に上り、怒りで顔面が熱くなった。

よりによって、このあたしに。エイプリル・グレイブスに脅しをかけたのだ。

恐らく耳たぶまで赤く染まっているだろう。運転手が気付きませんように。左折する車の微《かす》かな横揺《よこゆ》れを感じながら、エイプリルは努めて平静な口調で訊《き》いた。

「ねえ教えて。あの男はどこに行くつもりだと思う?」

「あーん、うちらと同じ方向ってことは、お客さんと同じくペルガモンか旧博物館に行くんじゃないの? 今の角で曲がって来なかったら、大聖堂で神に祈《いの》るのかもしれんがね」

「SS将校にそんなアカデミックな趣味《しゅみ》があるなんてね」

明るく朗《ほが》らかだった運転手の声音が変わった。

「趣味ならいいんだが……」

どういうことか尋《たず》ねる前に、タクシーは細かい砂利を踏《ふ》んで止まった。南北に荘厳《そうごん》な外観の建築物が見られる。

ライオンは多分、北の考古学博物館所蔵だが、今年になってから党の方針が変わり、美術品の多くが移動、廃棄《はいき》させられているので、何が残されているかは判《わか》らないという。

エイプリルはゆっくりと車を降り、埃《ほこり》の立つ道を振《ふ》り返った。

今すべきことを考えて、喉《のど》の奥で五つ数えてみる。

まず八時に始まるオークションでレジャンと落ち合うまでに、箱の装飾《そうしょく》部分の文字や記号について少しでも調べておくべきだ。


両翼《りょうよく》を大きく広げたような柱廊《ちゅうろう》を過ぎ、天窓からの光を受ける内部に入る。空調を停止しているせいか、春にしては空気が冷えていた。

丸天井《まるてんじょう》を持つ巨大《きょだい》なホールに出ると、連立する何十本もの柱の間には、それぞれ彫刻が陳列《ちんれつ》されていた。しかし目を凝《こ》らして一つずつを見れば、それらの多くがレプリカであることが判る。一体何故《なぜ》、模造品を展示する必要があるのか。悩《なや》みかけてエイプリルは慌《あわ》てて頭を振った。

こんなことをしている場合ではない。

自分は箱の縁取《ふちど》りに書かれた文字を探しに、北側の考古学博物館に向かっていたはずだ。それがなぜ南の旧博物館で、息を詰《つ》めて男の足音を聞いているのだろう。

二十メートルほど先を行く軍服の男は、ホールを横切り右端の通路へと歩を進めた。古代ローマ、ギリシア、西アジアなど、他の順路には見やすい表示が掲《かか》げられているのに、その通路だけは目立ったガイドがない。どの地域をまとめた展示室なのだろう。

男の姿が消え去る寸前に、エイプリルは通路の入り口まで走った。けたたましい靴音《くつおと》と高い踵《かかと》が鬱陶《うっとう》しいハイヒールは、とうに脱《ぬ》いでしまっていた。見学者が誰《だれ》もいなくて本当に良かった。館内をストッキングで走る客がいると通報されたら、たちまち摘《つま》みだされてしまう。

天窓からの光が届かないので薄暗《うすぐら》いままの通路を抜《ぬ》けた。思ったよりも広い展示室に続いていて、エイプリルは石像の脇《わき》で縮こまらなければならなかった。部屋の中央に設えられた硝子《ガラス》ケースの前に、彼女の標的が立っていたからだ。

円柱状のケースに飾《かざ》られているものは、エイプリルの居る場所からでは確認《かくにん》できない。だが軍服の男がその中身を手に入れようとして、身分証らしき紙片を提示するのは見えた。眼鏡《めがね》をかけた若い職員を相手に、腰《こし》に手を当てたまま何事か命じている。苛立《いらだ》ちを隠《かく》しきれないのか、ところどころ声が荒《あら》くなった。

「早く鍵《かぎ》をよこせと言っているんだ!」

「ですから、教授は昨年末に亡《な》くなられたんです。それ以降、所蔵品の管理は市長の権限で、副館長に一任されています。お渡しするわけにはいきません!」

職員も必死で食い下がる。武装した親衛隊員相手に勇敢《ゆうかん》だ。

「党の方針とは聞いていますが、無闇《むやみ》やたらと所蔵品を持ち出されるのは困ります。先頃《さきごろ》も百点にも及《およ》ぶ大規模な移送が、こちらの承諾《しょうだく》なしに強行されましたが……私達には未《いま》だに用途《ようと》も行く先も教えられていません。我々の研究対象が、党にどんな利益をもたらすのかさえ定かではないのに」

絵画や彫刻《ちょうこく》などの美術品だけではなく、ナチスは研究資料まで中央に集めているようだ。それにしてもあの男は何を持ち出そうとしているのだろうか。エイプリルは慎重《しんちょう》に身体《からだ》を傾《かたむ》け、ケースの中身を見ようとした。

「多少なりともバルドゥイン教授の下《もと》で学んだ身なら、それがデューター家の物であることくらい聞いているだろう。自分はリヒャルト・デューターだ。これの所有権は正しく自分にある。返却《へんきゃく》を望む権利があるはずだ」

親衛隊の将校服の男……チャイナタウンでコーリィの店を壊滅《かいめつ》させた襲撃犯の名前が判明する。リヒャルト・デューター、薄茶に銀を散らした瞳の男だ。

口の中で復唱し、腹立ち紛《まぎ》れに間に蔑称《べつしょう》を挟《はさ》んでみる。相変わらず、ドイツ人の名前は発音しにくい。オランダ人の名前よりは短くて覚えやすいが。

眼鏡の年若い職員が口籠《ご》もった。

「それは聞き及んでおりますが……デューター家のご子息が……SSに入隊されるとは思えま

せん……」

「放っておけばどうせ本隊が来る、その時になって慌てても遅《おそ》い。連中の手に渡《わた》ったらお終《しま》いだ。どう使われるかは火を見るよりも明らかだろうが！　さあ早く鍵を持ってこい、ケースの戸を開けるんだ。もしも本隊に責められたら、所有者に返還《へんかん》したと説明すれば済むだろう。いや、私が強奪《ごうだつ》したと言ってもいい」

「できません」

職員は頑《かたく》なに首を振った。デューターと名乗った男の顔を見上げ、腰に帯びた短剣《たんけん》や拳銃《けんじゅう》にちらりと目をやってから、両手を握《にぎ》り締《し》めて衝撃《しょうげき》に耐《た》えた。親衛隊将校に逆らったことで、撃《う》たれてもやむなしと思ったのだろう。

エイプリルはそっと胸の中央に手を入れた。祖母に貰《もら》った銀の御守《おまも》りが、肌と同じ温度にあたたまっている。

あの職員はプロの研究者だ。身の危険を顧《かえり》みず、歴史的な遺産を守ろうとしている。芸術に敬意を払《はら》わない連中に、芸術品を手にする資格はない。

銀の武器をそっと握り締め、エイプリルは突撃《とつげき》のタイミングを計った。展示品をナチスに渡してはならない。もしもおばあさまがこの場に居合わせたら、やっぱり職員側に加勢するだろう。何よりリヒャルト・デューターには、ご贔屓《ひいき》の中華《ちゅうか》料理店を滅茶《めちゃ》苦茶にされたという借りがある。

「そこのゲルマン民ぞ……」

石像の陰《かげ》から抜け、一歩踏み出したところで思わず止まってしまった。リヒャルト・デューターが椅子《いす》の脚《あし》を掴《つか》み、陳列ケースに向かって振り下ろしたのだ。

硝子の砕《くだ》ける破壊《はかい》音が、静まり返った館内に響《ひび》き渡った。

「あ、の……男……っ」

縁《ふち》に残った破片を取り除くべく、デューターはまだ椅子を振り回している。

エイプリルは駆《か》けだしていた。自分のストライドの短さが、こんなに恨《うら》めしく思えることはない。しかも非常事態の時に限って、女性らしいが動きにくいスーツ姿だ。膝下丈《ひざしたたけ》のタイトなスカートでは、お嬢《じょう》さんっぽい小走りがやっとだ。一刻も早く破壊を止めなくては、展示物に傷が付いてしまうのに。

「その手を止めなさいっ！」

「誰だ」

彼女が小さな銃《じゅう》を向けるのとまったく同時に、男も右手を腰に触《ふ》れさせた。訓練された素早《すばや》い動作で、エイプリルの眉間《みけん》に黒い銃口を突《つ》きつける。

あまりにもリーチが違《ちが》うので、エイプリルの指は相手の額に届かない。

印象的な薄茶《うすちゃ》の瞳《ひとみ》が、無遠慮《ぶえんりょ》にこちらを眺《なが》め回した。その虹彩《こうさい》が宿す意志の光は、帽子《ぼうし》の中央の髑髏《どくろ》と種類が違う。

「ベルリンじゃ十八歳は子供なの？　もっと小さい子が軍隊歩きしてるのも見たわよ。あんたたちみたいなバカ軍人の真似《まね》してね」

背中を冷たい汗《あせ》が流れた。相手の人差し指がほんの少し動くだけで、たちまちこの世とお別れだ。なのに口からは不貞不貞《ふてぶて》しい言葉がいくらでもでる。自分でもよくやると思う。

「どこの国でも十八は子供だ」

「その子供に、物騒《ぶっそう》な物を突きつけてるのは誰よ」

一ミリたりとも表情を変えず、デューターはあっさりと銃を下ろした。水平に伸《の》ばしていた肘《ひじ》と肩《かた》の力を抜くと、安全装置の音がいやに大きく響いた。左手はまだ椅子の脚を摑んだままだ。冷たい視線がエイプリルから離《はな》れ、彼の関心は展示ケースの中へと向けられた。

銃を腰のホルスターに戻《もど》し、右手で中の展示物を摑む。

エイプリルの指は引き金に掛《か》かったままだ。

「……子供か」

「やめなさい！　やめないと撃つわよ。価値も判《わか》らない人間に、それに触れる権利はない」

警告を無視したデューターが、細長い展示物をケースから引き出した。長さは六十センチ程だろうか。太めの棍棒《こんぼう》か筒《つつ》かと思ったが、先端《せんたん》はいびつな球になっている。

中途半端《ちゅうとはんぱ》に丸められた指だった。形状からして石膏《せっこう》像の腕《うで》だろう。

白い、というより気味の悪い生白さだ。

「撃ちたければ撃て、別に構わない」

「とんでもない、こっちは構うわ。いい？　今すぐその石膏像を陳列《ちんれつ》ケースに戻しなさい。あるべきものをあるべき場所に戻すのよ。白昼堂々、美術品を持ちだそうなんて、度胸がいいのを通り越《こ》して笑っちゃうわよ」

「美術品？」

デューターは初めて笑った。誰よりも自分自身を嘲《あざけ》るような笑《え》みだった。

「これが美術品だと？」

「そうよ。それ以外の何だっていうの？　巨大《きょだい》ホワイトアスパラだとでも言うつもり？」

「これは腕《うで》だ」

「だから！　石膏《せっこう》像の一部で……」

「石膏ではないよ。お嬢《じょう》さん。これは歴《れっき》とした人間の腕だ」

無表情さを取り戻《もど》して、将校は白い「腕」を差し出した。ちょうど手招きをするみたいに、指の先がこちらを向いている。

「触《さわ》ってみるといい」

気を逸《そ》らせて、隙《すき》をつくつもりなのだろうか。エイプリルは一瞬《いっしゅん》そう思ったが、相手の身体《からだ》には緊張《きんちょう》の欠片《かけら》もない。自分が銃《じゅう》を向けられていることなど気にもとめていないようだ。

「何よ、子供だましみたいな手で……」

「美術品を守る正義の活動家なら、石膏かどうかくらいすぐに判るだろう。それとも、薄気味《うすきみ》悪くて触れないか？」

　こめかみの辺りに血が上って、エイプリルは自棄《やけ》ぎみに左手を伸《の》ばす。指同士がほんの少しだけ触《ふ》れた。一方は汗《あせ》ばんだ自分の指、一方は作り物めいた真っ白な指だ。

「あ」

先端《せんたん》だけでは止《と》まらず、半分隠《かく》れた掌《てのひら》、静脈まで模倣《もほう》された手首にも指を這《は》わせる。滑《なめ》らかで固い、だが僅《わず》かに弾力性《だんりょく》がある。木でも石でもないのは確かだ。しかもこの冷たさは血の抜《ぬ》けた脂肪《しぼう》そのものだ。ゴムでできているとも考え難《がた》い。

「……蠟《ろう》？」

「言っただろう、人造品ではない。百年以上前に死んだ人間の腕だ」

　反射的に手を引いた。死体と聞いて怖じ気《おけ》づいたわけではない。そんなもの何度も見てしまっている。蜂《はち》の巣《す》にされて即死《そくし》した密売人や、欲に目が眩《くら》みトラップを踏《ふ》んだ同業者もいる。真偽《しんぎ》のほどは定かではないが、呪《のろ》いにかかり皆《みな》の目の前でボロボロに腐《くさ》った盗掘《とうくつ》人もいた。

　ずっと以前に死を迎《むか》えた遺体なら、棺《ひつぎ》に横たわるミイラや人骨もいくらも見ている。だがすぐ前にある肉体の一部は、あまりにも綺麗《きれい》で完璧《かんぺき》だ。南極で氷漬《こおりづ》けにでもならない限り、百年以上前の人体がこんな形で残っているわけが……。

「まさか、人間を剝製《はくせい》に!?　いいえ、だったらもっと表面が乾《かわ》いてるはず」

「ですから、その秘密を解明するために、この博物館でお借りしていたんです－」

二人の荒《あら》っぽさに圧倒《あっとう》されて、腰《こし》を抜かしていた職員が訴《うった》えた。微《かす》かに声が震《ふる》えている。

「どんな処置をすればそんな美し……完全なままで何十年間も保存できるのか、私達はそれを研究していたんですが。ああ、お嬢さん銃を撃《う》たないでください！　運良く人間に当たればいいけれど、流れ弾《だま》が貴重な標本に傷でもつけたらと思うと」

命より展示品が大切とは、見上げた学芸員根性だ。

「ご大層なヒミツのカイメイなどどうでもいい。重要なのはこれを悪用させないことだ」

「ですから！　親衛隊将校のあなたにお渡《わた》しするわけには……っ！」

「好んで着ているわけではない」

デューターは制服の黒い上着を脱《ぬ》ぎ、真っ白な腕をぞんざいに包んだ。座り込んだままの職員を一瞥《いちべつ》し、軍靴《ぐんか》の爪先《つまさき》を出口に向ける。エイプリルのことなどお構いなしだ。

「いいか、じきに文化省と称《しょう》する隊が来るだろう。早ければ今日か明日かもしれん。連中には、腕は盗《ぬす》まれたと言え。可能なら今すぐに被害《ひがい》届を」

「それをどうするんですか」

相手の言葉を遮《さえぎ》って、眼鏡《めがね》の職員が訊《き》いた。リヒャルト・デューターは質問を無視し、軍帽《ぐんぼう》の傾《かたむ》きを直して立ち去ろうとする。

「隠匿《いんとく》したと疑われて、教授のご家族やお前に疑いがかかるようなら、俺の名前を挙げて構わない」

「それをどうするんですか？　党の連中に渡すんですか」

「俺が？」

中尉《ちゅうい》はまた、自嘲《じちょう》気味に笑った。

「総統はお喜びになるだろうが、先祖には呪い殺されるだろうな」

「てことはそれは先祖代々の宝……待って、あれは何？」

エイプリルは言葉を切り、不意の騒音《そうおん》に注意を向ける。

ホールの向こうから十数人の靴音《くつおと》が響《ひび》いてきた。デューターは小さく舌打ちし、腰の拳銃《けんじゅう》に手をやった。

「思ったより早かったな」

軽く顎《あご》を上げて、離《はな》れろと示す。彼の言う「本隊」は半ば駆《か》け足で、柱の林立するホールを抜けて来る。通路の先に敵の顔が見える直前に、職員が決死の覚悟《かくご》で立ち上がった。

「こっちです」

「お前達は離れていろ。こんな下らない争いに、わざわざ巻き込まれることもあるまい」

「中尉、いえデューターさん、こっちです。裏の通用口から抜けられます」

腕を抱《かか》えた男は虚《きょ》を衝《つ》かれ、一瞬だけ無防備な表情を見せる。職員は覚束《おぼつか》ない足取りで、小《こ》振《ぶ》りなケースの裏に回った。壁《かべ》と同じ色の細い扉《とびら》がある。

「目立たないようにしてあるんです。それ、持って行ってください。盗まれたと言います。夜の間に盗まれたと。だからどうか悪意に満ちた連中にだけは、鍵《かぎ》も箱も渡さないでください」

デューターは頷《うなず》き、管理室へと抜ける外開きのドアを押した。

「いいか、もう一度言う。疑われるようなら俺の名を……」

「あなたのことは喋《しゃべ》りません」

丸く分厚いレンズの奥で両目を細める。

「行ってください」

管理室の奥にもう一つ扉があり、その先が裏庭に通じているようだ。机の間を擦《す》り抜けると、ほんの数センチの隙間《すきま》から外を窺《うかが》う。

「大丈夫《だいじょうぶ》だ。来い」

通用口までは兵を回していないらしい。二人は萌《も》え始めた芝《しば》を横目に、整地されていない裏庭を走り抜けた。制服でくるんだ白い腕を脇《わき》に抱え、右手はいつでも銃を抜けるよう腰近くにおいている。左手でエイプリルの肘《ひじ》を摑《つか》み、自分のスピードで遠慮《えんりょ》なく引っ張った。彼女が息も切らさずについてくるので、女性への気配りなど忘れているようだ。

「撃ち合わなくて済みそう？」

「恐《おそ》らく……屈《かが》め！　見られるな」

旧博物館の正面入り口には、広がるファサードが見えなくなる程の車が停《と》まっていた。ざっと十二台はある。緑の制服の兵士達が、退屈《たいくつ》そうに周囲に散っている。大掛《おおが》かりな割には緊張《きんちょう》感《かん》のない作戦だ。デューターが低く呟《つぶや》いた。

「車が要《い》るな」

「ええ⁉　あ、ごめんなさい」

あの、独特の瞳《ひとみ》で睨《にら》まれて、エイプリルはしゃがんだまま口を覆《おお》った。二十人以上いる兵士の気を引いてはまずい。会話は自然と小声になる。

「ほ、本気で往復徒歩のつもりだったの？」

「そのほうが目立たないと思った」

「……目立つわよ。目立ってたわよ充分《じゅうぶん》に。あなたって意外と無計画ね」

まあ緻密《ちみつ》な計画を立てる人物なら、展示ケースを椅子《いす》で壊《こわ》したりはするまい。女子供にたちまち撃退《げきたい》されるような情けない面子《メンツ》で、食堂を襲撃《しゅうげき》しようとも考えないだろう。

「しょうがないわね。こっちよ、来て。相乗りさせてあげる。ただし冷やかされるのは覚悟しておきなさいよ」

植え込みを屈んだままで突っ切ると、二つの建物を繋《つな》ぐ埃《ほこり》っぽい砂利《じゃり》道に出る。エイプリルが待たせておいたタクシーは、傾くほど道の端《はし》に寄せられていた。大きく開け放った扉からは、二本の脚が突きだしている。

エイプリルは一瞬、息を呑《の》んだ。

「まさか」

デューターが素早《すばや》く近づいて、運転手の頰《ほお》を容赦《ようしゃ》なく叩《たた》く。

「いてて、痛ェ……なんだよ酷《ひど》いな」

「良かった生きてる！　生きてるならホテル・アドロンまで」

言葉と同時に乗り込んで、寝惚《ねぼ》けた運転手がエンジンをかけるより早く、音を立ててドアを閉める。白ベンツは高級車らしくなく尻《しり》を振《ふ》って、博物館島を後にした。

二人して窓に張りついて、追ってくる者がいないかと目を凝《こ》らす。運のいいことに後続は民間の車ばかりで、軍用車輛は一台も見あたらなかった。大学の校舎を通り過ぎた頃《ころ》になって、乗客達はやっと正面を向いた。詰《つ》めていた息を大きく吐《は》いて、シートに深く腰を沈《しず》める。

確かめるなら今だ。

「ねえ、あの白い腕《うで》は……」

これまであまり感情を表さなかったデューターが、床《ゆか》に視線を落とした拍子《ひょうし》に、ぎょっとした顔で声を上擦らせた。

「何やってるんだ⁉」

「え、なに」

「足だ、足！　靴《くつ》を履《は》け、早く」

爪先を指差されて見下ろすと、ストッキングだけの両足から何ヵ所も血が滲《にじ》んでいた。足音を消すために靴を脱いだのを、きれいさっぱり忘れていたのだ。

「ああっやだ、あたしったら。こんなんで硝子の上を走っちゃったんだ。そういえばヒールが鬱陶《うっとう》しくて……ごっ誤解しないでよねっ、こんなミスは初めてなんだからっ」

「いいから早く履け！　まさか途中《とちゅう》で無くしたのか？」

女ってのはどうして裸足《はだし》で走りたがるんだと呟きながら、自分の軍靴を脱ごうとする。エイプリルは慌《あわ》ててスーツの胸に手を突っ込み、履き慣れないハイヒールを取り出した。

「うるさいわね、恵《めぐ》んで貰《もら》わなくても靴ぐらい持ってるわよッ！　あーもう、しつこく言うからどんどん痛くなってきたじゃない」

「妙《みょう》な形の胸だと思ったら」

「なによー、おっかない顔してるくせに結構スケベねー。いやになっちゃう。男ってどうしてそんなとこばかり見てるんだろ」

「……靴底型に膨《ふく》れていれば、誰《だれ》でも気になると思うがな。ああ、待て。硝子の欠片《かけら》が入っていたらまずい」

白手袋《てぶくろ》を外した手に、無遠慮に足首を摑んで持ち上げられる。

「やめてよっ、一緒《いっしょ》に来てる友達が医者だから、後で彼に診《み》てもらうからっ」

「だが、このままでは歩けないだろう」

股関節《こかんせつ》が攣《つ》りそうになって、エイプリルは短い悲鳴をあげた。

「あのねっ、あんたが見境なく硝子を割るからでしょう⁉　あれを踏《ふ》まなきゃこんなことにならなかったの！」

「それは済まなかった」

「そうよ。きゃーよして、よしてったらッ！　まったくもうっ、本当にあなたって硝子を割るのが好きよねッ。いい歳《とし》して短絡的《たんらく》なんだから。ガシャンとやれば誰でも言いなりになるなんて、馬鹿《ばか》げたこと思ってるなら大間違《おおまちが》いよ。ウィンドウをグシャグシャにされたくらいで、このエイプリル・グレイブスが引き下がるわけがな……いたたっ」

「エイプリル・グレイブス？」

右足がデューターの膝《ひざ》の上に落ちた。包むように敷《し》かれたハンカチと白手袋に、じわりと赤が広がった。

「あのグレイブスか？　バープとかいうユダヤ人が箱を取り戻《もど》すために接触《せっしょく》した……」

「そうよリヒャ……あいた、舌噛《か》んじゃった。リチャード・デューター。あなたまさか、あたしが誰だか今まで気付かなかったの⁉」

「気付くわけがないだろう、それに俺はリチャードじゃない」

「わけがない、って。嘘《うそ》でしょ、とても信じられない！　だってコーリィの店の前で会ってるじゃないの」

「前といっても通りを隔《へだ》てていた。ろくに顔も見なかった相手を、いちいち覚えていられるものか」

「あたしはしっかり覚えてたわよ⁉　リチャード・デューター」

「だったら名前もしっかり覚えろ。わざとらしく何度も間違えるな。いいか、俺はリチャードじゃない！」

やっと頭がすっきりしてきた運転手が、例によってルームミラーを覗《のぞ》きながら呑気《のんき》に言った。

「お客さんたち、ちょっと訊《き》いてもいいかね」

「何よ⁉」

「何だ⁉」

苛立《いらだ》ち露《あら》わな二人に同時に突《つ》っ込まれて、男は肩《かた》を竦《すく》ませる。

「……やっぱし失踪《しっそう》中の恋人《こいびと》だったんかい？」


タクシーを降りるのに肩を貸してくれたデューターは、ホテルの前を見た途端《とたん》に眉《まゆ》を顰《ひそ》めた。

「あいつの客か！」

「あたしたちに付いてるいけ好かない監視《かんし》よ。知り合い？」

きらめく金髪《きんぱつ》に黒い制服がよく似合う男、ヘルムート・ケルナーが不審《ふしん》な動きを繰《く》り返していた。石段を上ったりすぐに下りたり、身を乗り出して遠くを見たり。車寄せには黒のベンツが停車中だ。ボンネットにDTが座っている。

二人の間の誤解は解けたのだろうか。

「よう、エイプリル」

先にDTが相棒を見つけて、せーっかくどーぶつえん行ったのによー、と、機嫌《きげん》良く間延びした口調で手を振った。

ケルナーは転がるように階段を駆《か》け下りて来て、自分の客の無事を確認《かくにん》する。

「ああ、心配しましたよ、お嬢《じょう》さん。お連れさんから動物園に行くらしいと聞き出し……いや、教えてもらったので、すぐにそちらに車を回したんですが……」

隣《となり》の人物が誰か知った途端に、口調に明らかな優越感《ゆうえつかん》が混ざる。

「おや、これは珍《めずら》しい。リヒャルト・デューター中尉《ちゅうい》ではないか」

階級は同じだし、年代もそうは変わらないはずなのに、ケルナーはどこか相手を見下している。運転手の言っていた「珍しいもの」への態度ということか。

まったく馬鹿らしい。髪《かみ》の色にどれだけの意味があるのか。男の髪などいずれは禿《は》げてしまうだけなのに。

「シュルツ大佐《たいさ》が中尉をお探しだが……服をどうした？」

視線が脇《わき》に抱《かか》えた上衣に移った。何かを隠《かく》していると悟《さと》られてはまずい。

「汚《よご》し……」

「ビールをかけてやったのよ」

不機嫌そうなデューターが答える前に、エイプリルはタクシーに寄り掛《か》かったまま、さしてありがたくもない助け船をだした。

「あまりに彼が失礼だから。大きなジョッキに丸々一杯《いっぱい》」

金髪のほうのＳＳ将校は大きく三度頷《うなず》いた。大いに納得《なっとく》したという意味だ。

それもちょっと、問題ではある。

「こちらのご婦人が道に迷われていたから、オークション会場までご案内した。事情を聞くと貴様の名が挙がったので、それならこの会場で間違いないだろうと」

「おお、お嬢さん、私の名を覚えていてくださったとは光栄だ……おや、足を引きずっておられますな。これはいけない、すぐに医者に」

「履き慣れない靴でマメができたようだ。連れが医者だそうだから口を挟《はさ》むことはない。しかしケルナー、観光客のお守《も》りとはご苦労なことだな」

「観光客ではない。こちらのお嬢さん方は今夜のオークションに入札される大切なゲストだ。自分はこちらの皆《みな》さんが出国されるまでお世話するようにと、上官から命じられている」

「逃《に》がさないように、か？」

「ろくな任務も与《あた》えられないデューター中尉とは違うのでね」

あらら。こちらの二人の相性《あいしょう》も最悪のようだ。同じ制服を着ているのだから、表面だけでも仲良く振《ふ》る舞《ま》えばいいのに。

自分とDTのことを棚《たな》に上げて、エイプリルは密《ひそ》かにそう思った。その相棒はボンネットの上に座り込み、短い脚《あし》をブラブラさせている。

「なーエイプリル、ゴリラ見たかー？　ゴリラゴリラ。そんでそっちの男は誰？　行きずりの恋人候補ナンバーワン？」

触《ふ》れていた肩がぴくりと動いた。どうやらデューターは癖《くせ》の強い英語でも聞き取れるらしい。

「紹介《しょうかい》するわDT、こちらリチャード・デューター。硝子を割るのが三度の飯より好きな男。コーリィの店のウィンドウ代は、この親衛隊中尉に請求《せいきゅう》してちょうだい」

「請求には応じるが、俺はリチャードではない」

動物園を満喫《まんきつ》したアジア人は、あれは女房《にょうぼう》の店だからねと肩を竦めた。

「エイプリル！　一体何処《どこ》に姿を消していたんだい⁉」

「ちょっと複雑なことになったのよ。レジャン、話すことと訊くことがたくさんあるわ」

「僕のほうもだ。今話してた将校は誰だい？」

「ああ、そうそう。この失礼な軍人は……」

　バランスを崩《くず》しながら後ろを向くと、デューターを乗せたタクシーが走りだすところだった。上衣に包んだ腕《うで》をしっかりと抱えた彼が、助手席から一瞬《いっしゅん》だけ振り返った。唇《くちびる》だけで笑ったような気がする。恐《おそ》らくもう、追っても間に合わないだろう。

「送ってくれたの？」

「いいえ、相乗りさせてあげたのよ」

　ロビーから飛び出してきたアンリ・レジャンは、礼儀《れいぎ》正しくパナマ帽《ぼう》を取って脇に挟んでいた。とはいえ服装は紳士《しんし》的とは言い難《がた》く、列車を降りたときの皺《しわ》だらけのスーツのままだ。おまけにどこを歩いてきたのか、革靴《かわぐつ》も埃《ほこり》じみて汚れている。

「以前、文化人達が屯《たむろ》していたカフェで、色々と現状を聞いてきたよ。もっとも中心的な芸術家達は、殆《ほとん》どが逮捕《たいほ》されるか国外に脱出《だっしゅつ》していたけれどね。壁《かべ》に掛かっていた絵や詩もみんな没収《ぼっしゅう》されていた。この国はどうなっていくんだろう」

　フランス人医師は淋《さび》しげな溜《た》め息《いき》をつき、柔和《にゅうわ》な表情を曇《くも》らせた。

「それでレジャン、肝心《かんじん》の箱は？」

「ところがねえ、地元の故買屋の話だと、ベルリンで開かれるオークションには、ほんの数点の彫像《ちょうぞう》しか出品されないそうだよ。あとは全《すべ》て膨大《ぼうだい》な数の絵画ばかりらしい。奪《うば》った品を一時的にここに集めて、オークションが済んでから送り先を決めるかとも思ったんだが……この調子では既《すで》に箱は別の場所へ移されているかもしれない」

「別の場所って、どこへ」

「多少の心当たりがある。明朝すぐに出発しよう。あれ、足をどうしたんだい」

石段を上るのに手を貸してくれながら、レジャンは二人に話し続けた。申し訳ないと思いつつも、エイプリルはそれを半分も聞いていない。

「けど、どうせ朝まで動けないなら、今日のところはオークションの醍醐味《だいごみ》を存分に楽しませてもらおう。聞いたかい、今夜はクラナッハが入ってるって噂《うわさ》だ。たまにはボブに散財させなくちゃ……エイプリル？」

「え、ごめんなさい。ボブが何ですって」

レジャンは医者らしい口調になって、若い怪我《けが》人を気遣《きづか》った。

「そんな顔をして。足が痛むのかな」

「あたしが？　レジャン、あたしどんな顔してる？」

「降りだす直前の空みたいな顔だよ」

そうかもしれない。

自分は今日、一体何をしていたのだろう。仲間はかつて著名人が集まっていたカフェで情報を収集してくれたし、相棒はナチスの監視を振り回し、エイプリルのために時間を稼《かせ》いでくれた。なのに自分は調べるべきことを放りだし、よりによって敵とも呼べる男の手助けをしていたのだ。結果、所蔵物はまんまと持ち去られ、芸術的価値など気にも留めない軍人の物になってしまった。

　でも。

　ロビーのひんやりした空気を吸い込みながら、鉤十字の赤い垂れ幕を見上げながら、忙《いそが》しく行き来する制服の士官達を避《さ》けながら、エイプリルはあの感触《かんしょく》を思い出した。

　あの腕は何なの？

　そして何故《なぜ》、腕を強奪《ごうだつ》したリヒャルト・デューターが、ボストンで自分達を脅《おど》した男と同一人物だったのか。

「何か気の滅入《めい》ることがあったんだね。エイプリル、オークションは僕だけでも大丈夫《だいじょうぶ》だから、今夜は部屋でゆっくり休むといい」

　五つ数える間考えて、エイプリルは苦笑しながら首を振った。紳士からの優《やさ》しく親切な言葉は、ダイアンみたいな可愛《かわい》い娘《むすめ》のためにこそある。

「ありがとうレジャン、でもやっぱりあたしも出席するわ。文化省とやらの所業がどんなものなのか、この眼《め》できちんと見ておきたいの」

　自分のために用意されているのは、失敗を取り戻す時間だけだ。

4 オスト

天候に問題があるとは思えなかった。昨夜、朝一番の便を予約したにもかかわらず、もう四時間も待たされているのだ。

レジャンが憤《いきどお》りも露《あら》わにフロントから戻《もど》ってくる。

「飛ばないそうだ」

「え、この程度の天気で⁉」

ベンチで靴先《くつさき》を見詰《みつ》めていたエイプリルは、空港側の返事に腰《こし》を浮《う》かせた。同時にレジャンらしくない焦《あせ》った様子にも、気付かれないように驚《おどろ》いてしまった。

灰色の雲が空を覆《おお》ってはいるが、ベルリンの気候は一年中そんなものだ。フライト時刻に雨も雷《かみなり》もないのに欠航していたら、飛べる日が数えるほどになってしまう。

「なにしろ春の天気と男心とも言いますからね、なーんて、カウンターのご婦人に言われちゃったよ。彼女を責めてもどうにもならないけど、嫌《いや》がらせかいって訊《き》きたくなったね」

「へーえ」

大小一つずつの荷物を足下に置いて、DTが頓狂《とんきょう》な声をあげる。

「ドイツじゃ男心のが変わりやすいんだなぁ！」

「……あんたはホント、気楽でいいわね」

レジャンは自分の旅行鞄《かばん》を持ち上げると、エイプリルに手を差しだした。立つのに助けが必要だと思ったのだろう。彼女は医師の指を軽く握《にぎ》ったが、力を借りることはしなかった。この程度の、しかも自分の愚《おろ》かさのせいで負った傷で、いつまでも他人の助力を当てにしてはいけない。

それにしても何故あんな馬鹿《ばか》な真似《まね》をしてしまったのか。思い出す度《たび》に耳まで熱くなる。

「仕方がない、汽車で行こう。時間的には三倍以上かかるけど、粘《ねば》ったところで欠航が変わるわけでもないし。ただでさえ後《おく》れを取っているんだ。明朝まで待ってはいられないよ」

「汽車では直接行けないんじゃなかったの？」

「それは空路でも同じだよ。どのみちフランクフルトからは列車と車で乗り継《つ》ぎだ。それもうまく捕《つか》まればいいけれど、最悪の場合は民家から乗り物を買い取るしかない」

馬で山道を行く姿を想像し、エイプリルは頭を抱《かか》えたくなった。蹄《ひづめ》を持つ動物にはいやな思い出がある。五年程前、エジプトで暴れラクダに吐瀉《としゃ》物をかけられ……。

「……まるで誰《だれ》かに邪魔《じゃま》をされているみたいだな」

タクシーに乗り込むレジャンの呟《つぶや》きで、エイプリルははっと我に返った。

「あたしたちが箱を探しに移動するのを、誰かが見越《みこ》して手を回してるってこと？」

「いや、そう疑いたくもなるって程度の話だよ。フランクフルトまでの国内便は飛ばないのに、パリ行きの国際便は飛ぶなんて言うからね」

彼女達がベルリンを発《た》つのを知っているのは、例によってヘルムート・お世話係・ケルナーくらいだ。だがあのいけ好かない将校にしたって、目的地までは予想できないはずだ。昨夜のレジャンの大活躍《かつやく》を見ていれば、堂々の凱旋《がいせん》帰国と考えるのが普通《ふつう》だろう。彼は多くの絵画を落札しまくり、進行役のドイツ人に嫌味《いやみ》まで言われたのだ。今晩は退廃《たいはい》的な作品のコレクターがいらっしゃるようです、と。

「でもどれもまともな額じゃなかったよ、非常識なほど低かった」

祖母に連れられて何度も足を運んだが、あんな不快なオークションは初めてだ。主催者《しゅさいしゃ》は海外からの客を見下し、作品には必ず愚弄《ぐろう》の言葉がついてくる。

「賢《かしこ》い作戦とはいえないね。外貨の獲得《かくとく》を狙《ねら》うのなら、もっと作品を賛美して値段を釣《つ》り上げるべきだ。心にもない言葉を並べ立ててでも。いずれにしろあれだけ派手に落としたんだから、僕の立場としては一刻も早く帰国するのが普通だろうな。ボスに褒《ほ》めてもらいたいし」

「ケルナーがあたしたちの本当の目的を知っていれば別だけど……まさか」

エイプリルは相棒をジロリと見た。

「な、何よ」

アジア人の真っ直《す》ぐな黒髪《くろかみ》が跳《は》ね上がる。

「DT、あいつに喋《しゃべ》っちゃったりしてないでしょうね」

「なっ、なななないないないないないっ！」

「だって昨日、いやに打ち解けてたじゃないの」

「それはお前さんがオレを無理やりッ」

「あたしが無理やり何したっていうの？」

「あのヤバい男と二人きりにー……うーん……」

助手席でレジャンが短く笑った。

「昨日の午後はまだ目的地が決まっていなかったよ」

「そーだぞエイプリル！　知らないもんは喋りようがねえよ」

「じゃあなんでそんなに慌《あわ》てたのよ」

内心、慌てているのはエイプリルのほうだった。自分には一人だけ心当たりがある。

デューターだ。

リヒャルト・デューターは彼女達のお目当てが絵画などではなく、強大な力を封《ふう》じた「鏡の水底」であることを知っている。次の目的地こそ悟《さと》られてはいなかろうが、箱を探しだし取り戻すまでは、帰国しないものと思われているだろう。

指先にあの感触が甦《よみがえ》る。石膏《せっこう》でも金属でもゴムでもない、動物の革《かわ》の上に特殊《とくしゅ》な蠟《ろう》を引いたような。

彼は何故《なぜ》、自らも属する親衛隊の目を盗《ぬす》み、「腕《うで》」を奪《うば》って行ったのか。

「あの将校のことを考えてるね」

「……ええ、そう。不思議でならないのよ。どうして『腕』を強奪しに来た奴《やつ》が、ボストンであたしたちを脅したのか。だってそうでしょう、箱を得《え》るのが誰であろうと、あいつには関係ないはずじゃない？」

「それについては話していないことがある。列車内でゆっくり説明するよ。時間だけはたっぷりとあるし。それにしても彼はついに奴呼ばわりか。昨日ちらりと見た感じでは、きみと気が合うように思えたんだが。随分嫌《ずいぶんきら》われたもんだねー」

エイプリルの話でしか聞いていないレジャンは、デューターがどんな人間か判《わか》っていないのだ。無表情で高圧的で、どこか他人を見下している。頑《かたく》なで自分以外の人間を信じないくせに、逃走《とうそう》手段を忘れるような初歩的なミスをやらかす。同僚《どうりょう》との間にも一線を引き、決して打ち解けようとしない。一人きりで生きているみたいな顔をして、そのくせ「先祖」なんて言葉に縛《しば》られている……。

「話を聞いた限りでは、きみたちはとてもよく似ているみたいだね」

「あたしが⁉　リチャードと⁉」

「リチャードぉ？」

ここぞとばかりにDTが冷やかす。

「なんだよ人のこと疑っておいて。打ち解けてるのはオレじゃなくてお前さんだろー」

「単に言いやすくしているだけよ！」

「とにかく、敵なのかそうじゃないのかがはっきりするまで、慎重《しんちょう》に接する必要がある。僕達の行き先に勘《かん》付いているのかもしれないし。まあ行き先といったって、箱が本当にアール……そこに向かったのか、確信があるわけじゃないんだけどね」

　タクシーの運転手に聞かれないよう、三人は英語での会話を続けていた。だがドイツの地名を口にする際は、少々注意が必要だ。

「ただ、箱の蓋《ふた》を開こうと躍起《やっき》になってる連中が……装飾《そうしょく》部の文字を解読していたら、おのずと目的地は限定されてくるはずなんだが」

「結局、何て書いてあったの」

「さあねえ。僕も紀元前のバビロニアに住んだことはないからね。迂闊《うかつ》に箱を開けよう、門を開こうとして災難に遭《あ》った人々が、後世のために書き記したんだろうけど」

　レジャンは腕《うで》時計に目をやった。フランクフルト行きの発車時刻まで、そう間がない。

「バープ氏が一部は解読していたわね。『鍵《かぎ》』は、清らかなる水であるって一節」

「うん。まあ恐《おそ》らく残りの部分は、開けるな注意とか危険とか書かれているんだと思う。そういう重要な部分こそ読んで欲しいものだよ。総統の下僕の皆《みな》さんにも」

「清らかなる水……」

エイプリルは人差し指で顎《あご》に触《ふ》れた。この言葉から想像できるのは、河川の水源か雪解け水、あるいは銀の杯《さかずき》に注がれた聖水か。ああ、レジャンの話では、宗教性はないということだった。

「どっちにしろ、本来の箱の性質さえ知っていれば、特にあの文字を解読する必要はないんだけど」

フランス人医師がぽつりと漏《も》らした一言に、エイプリルは助手席の革を摑《つか》む。

「知ってるの⁉」

「知ってるよ。非常に幽《かす》かで朧気《おぼろげ》な記憶《きおく》だけど」

「じゃあ、清らかなる水が何を指すのかも知ってるのね？」

「もちろん……そんなに訊《き》きたそうな顔をしないでくれ。眼《め》までキラキラさせちゃってさ……判ったよ、教える、教えるから」

降参の印に両手を顔の脇《わき》に上げて、レジャンは一つの単語を口にした。

「血だ」

「……血……って、誰の。清らかと称《しょう》されるのは……まさか赤《あか》ん坊《ぼう》を生贄《いけにえ》にするわけじゃないでしょうね。宗教的どころかそれでは悪魔信仰《あくましんこう》よ」

「今のところ、誰でもない。こちらの世界にはまだ存在しない子供だ。どういう意味かは追《つい》及《きゅう》しないでくれ。おっと」

車は駅舎からかなり離《はな》れた場所で止まった。乗り付けたタクシーと人の波が多すぎて、それ以上近くに寄せられないのだ。

駅前の広場の石畳《いしだたみ》は、ベルリンを発つ人々で溢《あふ》れかえっていた。


あの穏《おだ》やかなレジャンが切符《きっぷ》売り場の女性に向かい、何度も声を荒《あら》げた結果、ようやく二等の切符を手にして戻《もど》って来た。聞くところによると国内線の空路ばかりか、国際線の半分以上が欠航になったため、そちらの利用客が一斉《いっせい》に駅へと押し寄せたらしい。

「それだけかしら」

ホームはおろかカフェにもバーにも溢れかえる人々を見回して、エイプリルは首を傾《かし》げた。この時期の平日にしてはやけに家族連れが多い。母親は幼児を胸に抱《だ》き、年長の子供は弟妹の手を引いている。父親達はいずれも持てる限りの荷を背負い、両手にまで大きな旅行鞄《かばん》を提げていた。

「なんだか皆、長いバカンスにでも出掛《でか》けるみたいね」

「バカンスだか大移動だか知らねえけど、オレこんな混んでる駅見るの初めて」

「脱出《だっしゅつ》しようとしてるんだよ。とにかく早くドイツから逃《に》げなきゃいけない、飛行機がなければ鉄道でも。ベルリンから国際線が出なくても、フランクフルトまで行けばまだ乗れる便があるかもしれない」

「逃げる？　なんでまた自分の国から。植民地に移民でもするのかい？」

アジア系アメリカ人にはピンとこないようだ。

申し訳ない思いで大人や子供を掻《か》き分け、フランクフルト行きホームへの通路を進む。実際の距離《きょり》よりもずっと遠く感じたのは、人々の視線のせいかもしれない。

「畜生《ちくしょう》、時間がないのに！」

前を行くレジャンがいきなり立ち止まった。踵《かかと》に不必要な力が掛《か》かり、昨日の傷が刺《さ》すように痛む。

「どうしたの？」

肩越《かたご》しに前方を窺《うかが》うと、ただでさえ混雑しているホームの入り口で、何人もの兵士が乗客を堰《せ》き止めていた。子供の分まで身分証を提示させ、一人ずつ馬鹿丁寧《ばかていねい》に調べている。それでも客達が不満を言って騒《さわ》ぎださないのは、兵士達が武装しているからだ。

しかも無事に通過して客車に向かう者よりも、旅券を突《つ》き返され押《お》し戻される者のほうがずっと多い。切符がありながら列車に乗れない人達は、沈《しず》んだ顔で別の列に並び直している。

「よりによってこんな時に、検問だなんて」

「どうしてかしら、殆《ほとん》どの人が乗れないみたい。パスポートに何か不備でもあ……」

視界の端《はし》に黒い影《かげ》がちらついた。二つ向こうの列を掻き分けて、長身の男が兵士の前まで歩いてゆく。昨日一日で見慣れてしまった親衛隊の制服だ。鉤十字《かぎじゅうじ》を描《えが》いた赤い腕章《わんしょう》と、軍帽《ぐんぼう》の中央に光る悪趣味《あくしゅみ》な髑髏《どくろ》。

バネ仕掛《じか》けみたいに敬礼する兵に向かって、右手に持った革のケースを軽く上げてみせる。

ざわめきの中、彼の声だけが耳に届いた。

「シュルツ大佐《たいさ》の元へ、この中身を届けに行くところだ」

「どうぞ中尉《ちゅうい》、お通りください。お見苦しいところを……楽器ですか？」

「ああ。御前《ごぜん》での晩餐会《ばんさんかい》でどうしてもお聞かせしたいそうだ」

あの肩には覚えがある。あの声にも聞き覚えがある。そしてあの、トランペットには長すぎる革《かわ》トランクの中身にも、確かに心当たりがあった。

居並ぶ客の横をすり抜《ぬ》け、リヒャルト・デューターは客車の最後尾《さいこうび》へと歩いていった。憎《にく》しみと絶望の混じり合った冷たい視線で、人々は親衛隊将校の背中を見送る。

「……エイプリル！」

「はい？」

レジャンに二の腕を摑まれていた。

「聞いてなかったのか？　いいかいエイプリル、もしも言い掛《が》かりをつけられて、三人のうち誰《だれ》かが引き留められた場合だ。そうなったら通過できた者だけでも列車に乗るんだ。発車時刻はもう過ぎてる。三人揃《そろ》うのを待っている時間はない。残った者はすぐに追いかけて、最終的にはアールバイラーで落ち合おう。いいね？　これ以上遅《おく》れをとりたくない。誰か一人でも行くべきだ」

「そうね、わかった。判ってる」

焦《あせ》った人々の列に押され、三人はすぐに離れてしまう。やっと順番が回ってきた時には、汽車は蒸気を吹《ふ》き始めていた。無理もない、もう定刻を随分《ずいぶん》過ぎている。

自分の荷物をしっかりと握《にぎ》り、開いたパスポートを兵士に差し出す。二十歳を過ぎたばかりの若い男は、見慣れぬ身分証に戸惑《とまど》った。合衆国の旅券が初めてなのか、隣《となり》の列の上官らしき男に声をかける。しかしそちらの混雑も凄《すさ》まじいので、振《ふ》り向いてさえもらえない。

「ぼーやったら、どこに目ェつけてるのかしら。それは正真正銘《しょうめい》の本物なのよー。早くしないとアンタを蹴倒《けたお》して、問答無用で突破《とっぱ》するわよー？」

にっこりと優雅《ゆうが》に微笑《ほほえ》みながら、英語で呟《つぶや》く。

一つおいた古参兵の前の列では、DTが同じように止められていた。レジャンは通れたかと首を回すが、あと一人という位置で待たされている。医師が苦い顔で舌打ちした。控《ひか》えめな汽笛を一度だけ鳴らし、列車がゆっくりと動きだしたのだ。

このままでは誰もフランクフルト行きに乗れない。

若い兵士を蹴倒すべく、痛む右脚《みぎあし》を後ろに引いた時だった。

「乗せてくれ！」

取り乱した中年の男が、検問官を突き飛ばして駆《か》けだした。

「乗せてくれ！　カッセルで親戚《しんせき》が待ってるんだ」

その悲痛な叫《さけ》びを皮切りに、人々が一斉に騒ぎ始めた。エイプリルは背中を強く押され、前のめりに倒れかかる。若い兵士が反射的に避《よ》けたため、踏《ふ》みとどまれず、冷たい地面へと無様に転んだ。

顔の両脇《りょうわき》には誰の足もない。押された拍子《ひょうし》に列を抜けてしまったのだ。

「っじょーだんじゃねーぞ⁉　これは本物のアメリカ合衆国のパスポートだっつーの！」

聞き慣れた英語で誰かが叫んだ。抜群《ばつぐん》のタイミングでＤＴが古参兵に摑みかかっている。

「見ろよホラ、ここに偉《えら》い人のサインがちゃんとあんだよ！　嘘《うそ》だと思うなら大統領に電話しろよ、お前んとこのチョビヒゲに電話で文句言ってくれるからよっ」

通じてないと思っていい加減なこと言っちゃって。エイプリルは痛む足を堪《こら》えて立ち上がった。今度はレジャンがフランス語で何か叫びだした。口汚《くちぎたな》い罵《ば》倒《とう》かと思いきや、人権宣言を詠《えい》唱《しょう》している。文節の間に短く言葉が入って、彼女の脚《あし》はそれを合図に地面を蹴《け》った。

「行け！」

動き始めている列車のタラップ目指して、エイプリルは振り向かず走った。なんとかあの赤い手摺《てす》りを摑めれば。

騒乱《そうらん》に巻き込まれた兵士達が発砲《はっぽう》し、左脚の脇で二発の銃弾《じゅうだん》が跳《は》ねる。自分と同じように客車目指して走っていた男が、弾《はじ》かれたように反り返って倒れた。斜《なな》め後ろにいた女性も、諦《あきら》めたように膝《ひざ》をつく。

止まっちゃいけない。止まって両手を挙げているときではない。頬《ほお》のすぐ横を熱い風が過ぎるが、それが何なのかは考えない。何発もの銃声が背中から追ってくるが、当たるはずがないと自分に言い聞かせる。

右手の指先までを必死で伸《の》ばして、エイプリルは赤い手摺りを摑《つか》もうとする。だがあとほんの一歩というところで、汽車が力強い煙《けむり》を吐《は》いてスピードを上げた。

届かない。

絶望した瞬間《しゅんかん》に、がくりと視線が下がり、視界から赤い鉄が消えた。

すぐに傷の痛みが甦《よみがえ》るだろう。そうなったらもう走れない。

「グレイブス！」

反射的に顔を上げると、最後尾の扉《とびら》を人がこじ開けたところだった。

見覚えのある黒い制服の男が、荒っぽく白手袋《てぶくろ》を外し、上半身を折るようにして身を乗り出す。

「手を伸ばせ！」

「リチャード⁉」

「リチャードでは……こんなときにっ」

将校の姿が目に入ったのか、後方からの発砲は止《や》んでいた。
エイプリルはリヒャルト・デューターの手を掴む。
あの腕とは違《ちが》う。
温かかった。

5 フランクフルト行き

上半身を膝につくほど折り曲げて、エイプリルは可能な限りの酸素を吸い込んだ。列車の規則的な震動《しんどう》が、足の裏の細かな傷を刺激《しげき》する。駅舎は既《すで》に遠く離《はな》れ、DTもレジャンもここにはいない。

あの後、二人はどうなっただろう。あんなに派手な抵抗《ていこう》を繰《く》り広げてしまい、兵士に連行されてはいないだろうか。

よそう。

エイプリルはゆっくりと目を閉じる。

心配しても仕方がない。たとえ誰かが引き留められても、残りの者は列車に乗るよう決めていた。彼等も自分も、間違ってはいない。

「……でも……ああどうしよう、バッグもパスポートも、置いて、きちゃった、わ」

頭上から親衛隊中尉の声が降ってくる。背の高さも相当違うのだ。

「呆《あき》れたな。夫を残して一人で駆け込んでおきながら、心配なのは荷物と旅券のことか」

「そうよ、悪かったわね専門家っぽくなくて。でも実際、皆がみんな戦車を乗っ取ったり、崖《がけ》にへばり付いたりしてるわけじゃないんだから。普通《ふつう》に国際便で移動する場合、パスポートがないと、異国では動きが……夫ですって!?」

　息切れも忘れる勢いで、エイプリルは曲げていた身体《からだ》を起こす。

「誰よ、誰のことを言ってるの!?」

「あのアジア人の……」

「DT!?　DTがあたしの夫!?　し、信じられない。やめてよ、冗談《じょうだん》じゃないわよッ」

　リヒャルト・デューターの銀を散らした特有の瞳《ひとみ》が、意外そうに丸くなった。

「ではあのフランス語を叫んでいたほうか？　歳《とし》の差のある夫婦だな。まあどちらでもかまわないが。俺には任務がある。いつまでもお前に構ってはいられない」

　手袋をきっちりとはめ直してから、デューターは革製のケースを持ち上げる。

「待ちなさいよ、ほら！　見てよ、何にもないでしょ」

　相手の顔に左手を突《つ》きつけて、エイプリルは指輪がないことを確認《かくにん》させた。

「アメリカの風習に興味はないね」

「そうじゃなくて。あたしが結婚《けっこん》してるなんてどうして思ったの。昨日自分が十八は子供だって言ったばかりじゃない」

「俺の姉は十八で結婚した。二十三で死んだがな」

「え……それは、お気の毒に……でもこういうことははっきりさせておかないと！　いい？

DTには綺麗《きれい》な奥さんがいて、もうすぐ子供も生まれるのよ！　あたしは独身。まだまだずーっと独身の予定」

「そうか。既婚者《きこんしゃ》好きのケルナーがご執心《しゅうしん》だったから、てっきりそうだと思っていた」

「え、あの男って結婚してる人が趣味《しゅみ》なの？」

まずい。本当にDT狙《ねら》いだったらどうしよう。エイプリルは密《ひそ》かに責任を感じたが、すぐに本題に戻《もど》らせる。無理やり。

「ああっ、何でこんなこと喋《しゃべ》ってんの。違うでしょリチャード、もっと他《ほか》に言うことがあるでしょ⁉」

デューターは右の眉《まゆ》を軽く上げて、平坦《へいたん》な口調で途中《とちゅう》まで言った。

「リチャードじゃ……」

「そうじゃなくて！」

無言で自分の足を指差す。デューターの唇《くちびる》が「ああ」と動いた。

「足か。足はあれだけ走れれば大丈夫《だいじょうぶ》だろう」

「そう思っても尋《たず》ねるべきじゃないの？　社交辞令のなってない男ね！　あなたが硝子を割ったからこうなったんでしょ」

彼は苦虫《にがむし》を嚙《か》みつぶしたような顔をしたが、エイプリルが諦めそうにないと悟《さと》ると、やむなく一語一語を絞《しぼ》りだした。

「……その後、足の、具合は、どうだ」

「走れるんだから大丈夫よ」

「……。そうか、じゃあ俺は一等車両に」

「そうか、だけ!?」

「これ以上訊《き》いても、どうせ子供じゃないんだから干渉《かんしょう》するなとむくれるだけだろう」

「わかんないじゃない」

声が段々低くなる。眉間《みけん》に皺《しわ》を寄せ、視線を窓の外に向けたままだ。

「……回復が早くて何よりだが、あまり無茶は、しないように……」

「恋人《こいびと》でもないんだから干渉しないで」

デューターはケースを床《ゆか》に取り落とす。ゴスン、と鈍《にぶ》い音がした。

「どうして欲しいんだ!?　偶然《ぐうぜん》あの場に居合わせたお前を、一般《いっぱん》人のお嬢《じょう》さんを巻き込んですまなかったと、俺に頭を下げさせたいのか!?」

「そうじゃないわよ。ただ単純に腹が立つだけ！　靴《くつ》も履《は》かずに走るなんて、何であんな素人《しろうと》みたいなことしちゃったのか、自分でも判らなくて腹が立つのよ！」

握《にぎ》り締《し》めた拳《こぶし》が震《ふる》えるのに気付いて、エイプリルは両手を後ろに回した。足の親指の傷が痛み始めて、やむなく壁《かべ》に寄り掛《か》かる。

「あんなミスは初めてなの！」

彼は少しの間黙《だま》り込んだ。やがて口を開きかけたが、すぐに背後からの刺《さ》すような視線に気付いて振《ふ》り返る。二等車両の客全員の不安そうな視線が、奇妙《きみょう》な組み合わせの二人に向けられていた。皆が慌《あわ》てて目を伏《ふ》せる。

「……来い」

デューターはエイプリルの手首を掴み、早足で通路を歩きだした。

「ちょ、ちょっと待ちなさいよ。乗せてくれたのには感謝してるけど、だからってナチとの楽しい旅に付き合わされる筋合いはないわ。あたしの切符《きっぷ》は二等席なんだし……」

「それはこっちも同じだ。誰《だれ》が好きこのんでアメリカの金持ちと相席などするものか」

そこまで言うと力任せにぐっと引き寄せ、急に忌々《いまいま》しそうな小声になる。

「だが俺達がこの車両にいるだけで、他の乗客に迷惑《めいわく》がかかるんだ。お前も見ただろう、あの検問をなんとかくぐり抜《ぬ》けて、やっと乗り込めた人達だぞ。SSの将校が同じ車両にいたらどうだ、どう思う？　しかも次の駅はまだベルリンのど真ん中だ。彼等から指輪の一つ、金貨の一枚でも巻き上げようとして、また荷改めの係官が乗ってくる。そんな所に無許可乗車の外国人までいたらどうなる。お前を匿《かくま》った罪で全員が降ろされるんだぞ。客達は別にお前を助けちゃいない、それどころかどうやって乗ってきたのかさえ知らないはずだ。だが連中は、どんな些細《ささい》なことでも言い掛《が》かりをつけてくる。逃《に》げ延《の》びられたはずの生命《いのち》が、何十も無駄《むだ》に奪《うば》われるのを黙って見ていられるのか⁉」

「奪われるって、そんな理不尽《りふじん》なこと、できるわけが……」

薄茶《うすちゃ》の瞳が失望で翳《かげ》ると、虹彩《こうさい》に散っていた銀の星が消えた。

「今のドイツなら、やるだろう」

デューターは彼女の手首を放し、吐《は》き捨てるように言って背中を向けた。

「恥《は》ずべきことだが」


現役《げんえき》将校の言葉に嘘《うそ》はなかった。次の駅では軽武装の軍人達が雪崩《なだれ》込み、各車両で再びチェックが始まった。エイプリルが窓越《ご》しに見ていると、運の悪い乗客が数人降ろされ、多くの荷物がホームに積み上げられた。中にはリュックやトランクもある。明らかに乗客の私物ばかりだ。

「酷《ひど》いことを」

「あまり同情の眼《め》で見るな。当然だという顔をしていろ」

一等車両にも担当者が回ってきた。二等よりは階級が高いのか、態度や物腰《ものごし》もずっと丁寧《ていねい》だ。この二人きりのコンパートメントにも、控《ひか》えめなノックの後に若い下士官が入ってきた。慣れた仕草で敬礼する。

「失礼いたします、中尉殿《ちゅういどの》。どちらまでの任務ですか」

デューターは新聞から顔を上げもしない。

「フランクフルトまで、シュルッ大佐《たいさ》にこれを届けに」

「……中身をお訊きしてよろしいでしょうか」

親衛隊中尉の階級章をつけた男相手なので、かなり下手にでているようだ。

「楽器だ。晩餐会《ばんさんかい》で総統閣下に是非《ぜひ》ともお聞かせしたいそうだ」

「総統閣下に！　中尉殿も出席されるのですか」

それには返事をせず、目だけを下士官に向ける。

「外が騒《さわ》がしいな、何の騒ぎだ？」

「いえ中尉殿、通常の点検です。財の流出が目に余るので、先週から検問の徹底《てってい》に力を入れています」

「空路の殆《ほとん》どが断たれているのもそのせいか」

「はい。空港には裕福《ゆうふく》なユダヤ連中が詰《つ》めかけていましたからね。出て行ってくれるのは結構ですが、我々ドイツの財産まで持ち出そうとはけしからん連中です。ところで中尉殿、実は始発駅で、外国人の無許可乗車が一人ありまして……」

きた。エイプリルは気取られないよう身構える。

「大変失礼ですが、そちらのご婦人は」

「妻だ」

エイプリルよりも先に、下士官のほうが驚《おどろ》いた様子だ。

「奥様でいらっしゃいましたか！　これはご無礼を」

男はいかにも礼儀《れいぎ》正しい笑顔《えがお》のまま、短い英語で話しかけてきた。だがにこやかな表情とは裏腹に、質問の中身は不快だった。英語の解《わか》る女性なら聞いただけでも顔色を変えそうな、屈《くつ》辱《じょく》的な言葉である。

エイプリルは黙って小首を傾《かし》げた。それからドイツ語で「なんとおっしゃったの？」と訊き返した。

ほぼ同時に中尉殿が立ち上がり、下士官の胸ぐらを手荒《てあら》に摑《つか》む。軍服のボタンが一つ弾《はじ》け飛んだ。

「侮辱《ぶじょく》するつもりか⁉」

「い、いえ決してそのようなことはっ」

エイプリルはただきょとんとしていた。英語など欠片《かけら》も解らないふりをしなければならない。

三拍《ぱく》くらいおいてから困惑《こんわく》した顔で二人を止めに入る。

「自分はただ、奥様が英語をお話しになるかと思いまして。申し訳ありません、奥様」

「あれが女性にかけるべき言葉か！　隊ではどういう教育を受けている⁉　直属の上官を連れて来い！　私が直接話をつけ、妻に対して謝罪させる」

「やめてあなた、いいのよ。もういいの。どうせ聞き取れなかったんだから、別に気分を害したりしないわ」

妻に諫《いさ》められた中尉に手で追われ、愚《おろ》かな下士官は転がるようにコンパートメントを出て行った。その靴音《くつおと》が遠くなるのを待ってから、二人は堪《こら》えきれずに吹《ふ》きだした。椅子《いす》の背を叩《たた》いて笑い転げる。

「つ、つつつ妻だって！　全身に鳥肌《とりはだ》立っちゃった」

「そっちこそ、子供のくせして演技しすぎだ。ヤメテアナタはないだろう。一瞬《いっしゅん》、背筋が寒くなったぞ」

「あの人、本当に信じたのかしら」

「まあ若い連中は女に日照《ひで》っているからな、素人演技でも簡単に信じ込むさ」

「何よ、自分だってそれなりに若いじゃないの」

リヒャルト・デューターは、ふと真顔になった。

「いや、もう二十七だ。この先できることも、そう多くない」

機関車が蒸気を上げる震動《しんどう》があり、車輪が鈍い音と共に回転を始めた。窓の外の光景がゆっくりと動きだし、列車は今度こそベルリンを離《はな》れる。

「座れ」

「そっちが座りなさいよ」

結局、双方《そうほう》同時に腰《こし》を下ろす。六人用のコンパートメントに二人きりだ。どうにも気まずい沈黙《ちんもく》が訪《おとず》れる。エイプリルは斜《なな》め向かいに顔を向けた。

「同業者として助言するけど、あたしの祖母は五十を過ぎるまでこの仕事を続けてたわ。二十七でこの先できることがないなんて、生んでくれたご両親に失礼よ」

「ヘイゼル・グレイブスが同業者？　馬鹿《ばか》なことを言うな」

「そうね。同業者というより商売敵《がたき》かもしれない」

座席に置かれた革のケースを見る。あの中には楽器など入っていない。

「あたしたちは文化的遺産をあるべき場所に戻《もど》す。でもあなたのような強奪者《ごうだつしゃ》は、私利私欲のためにあらゆるものを持ち去る……もしその中身が本当に楽器だとしたら、シュルッ大佐って人も相当な変わり者ね。食事時に金管楽器を聞かせたい人なんている？　しかもトランペットにしては微妙《びみょう》に大きすぎるし」

「オーボエかもしれないだろう。しかし……そうか、楽器で通すのは少々強引《ごういん》だったか。言っておくが私利私欲で持ち去ったわけじゃない。元々これは、俺のものだ」

どこかで聞いた一節だ。これは自分のもの。そう、箱はきみのものなんだよエイプリル・グレイブス。

デューターは手慣れた様子で鍵《かぎ》を解除し、パチンと音を立てて金具を弾《はじ》いた。頑丈《がんじょう》なケースを横に倒《たお》し、縁《ふち》に鋲《びょう》を打った蓋《ふた》を持ち上げる。

艶《つや》やかな赤い布の中央に、真っ白な腕《うで》が置かれていた。改めて見てもやはり精巧《せいこう》な蠟細工《ろうざいく》のようだ。あまりに白く冷たそうで、人間の腕とは思いがたい。

「これは俺の、つまり俺の先祖の左腕《ひだりうで》だ」

「本当に作り物じゃないの？」

「間違《まちが》いなく、蛋白質《たんぱくしつ》と脂肪《しぼう》でできている。人間の骨と皮と肉だ。生まれるずっと前から家にあった。百五十年近く昔の話だ」

恐《おそ》る恐る触《ふ》れてみる。昨日と同じ弾力性《だんりょくせい》と無体温。

「でも……こんなのありえないわ。どうやって保管したっていうの？　標本みたいにホルマリン漬《づ》けに……」

「特に何も。高温多湿《たしつ》、直射日光を避《さ》けて」

「またそんな！　ピクルスみたいに」

「本当だ。どんな魔術《まじゅつ》がかかっているのかは知らないが、持ち主がこの世を去り、地中に葬《ほうむ》られて腐《くさ》っても、こいつだけは腐敗《ふはい》せずに残されていたらしい。屋敷《やしき》の奥の倉庫で眠《ねむ》り続けていたんだな。もっとも生前の持ち主が年老いていく間も、こいつだけは皺《しわ》一つ増えなかったそうだが」

「誰《だれ》よ、その持ち主って」

「ローバルト・ベラールという男だ。俺の祖父の……祖父に当たるか」

それから彼は、歌うように言った。詩でも朗読するみたいに。

「百四十年前の月の高い夜に、隻腕《せきわん》の男が天から降ってきたんだ。斬《き》り落とされた自分の左腕を抱《かか》えて、水と血で全身を濡《ぬ》らしたまま」

「なにそれ。マザーグース?」

そう茶化しながらも、エイプリルはデューターの言葉を疑ってはいなかった。不可思議なことはこの世にいくらでもある。

「こんな話を信じてるのは、俺とナチと坊《ぼう》さんたちだけだ」

「シュルツ大佐って人は信じてるんでしょう?」

「大佐か……大佐ね……」

デューターは窓に顔を向け、流れる景色にしばらく沈黙した。同乗者が腕を盗《ぬす》むとは思っていないのか、エイプリルが席を移っても振《ふ》り向かない。

昨日は布に隠《かく》れて見えなかったが、今なら上腕《じようわん》部まではっきりと見える。より肩《かた》に近い部分には、濃《こ》い灰色の二本のラインが浮《う》き出ていた。目を凝《こ》らすと完全な線ではなく、細かい記号の寄せ集めだ。文字なのか、模様なのかも判らない。目にしたことのない特異な形だった。

「何て書いてあるの? それとも文章じゃないのかしら」

「この世には、触れてはならぬ物が四つある」

左腕の所有者は両肩を竦《すく》め、読めるわけじゃないさと断った。

「内容は聞いてる。先祖代々伝わっているからな。あのフランス人も、恐らくもうお前も知っているだろう。強大な力を封《ふう》じた四つの箱があり、同じくその鍵が四つある。箱の名前は『風の終わり』『地の果て』『鏡の水底《みなそこ》』『凍土《とうど》の劫火《ごうか》』。一つの箱には一つの鍵。それをもってのみ開き、それ以外をもって開いてはならない」

「けれど『鍵』に近い物でなら、無理やりこじ開けることもできるって……ちょっと待ってよ、この腕と箱に何の関係があるの⁉　まさかこれ」

「なんだグレイブス、知らずに箱だけ追っていたのか？」

リヒャルト・デューターは無造作にそれを摑み、赤い布ごと持ち上げた。

「これは四つの鍵の一つだ。最初の一つ、そして最も使いやすい、使われやすい鍵」

「……でもそんな、箱の鍵は清らかなる水だって……」

頭がクラクラする。目の前では男が生白い蠟細工を弄《もてあそ》び、自分の左肩に当ててみている。いや、あれは蠟などではなく、百五十年近く前の人間の腕で……。

「清らかなる水が必要なのは『鏡の水底』だ。そっちが血眼《ちまなこ》になって探しているのはその箱だろう。こいつは違うほう、つまり『風の終わり』の鍵だ。でも他《ほか》の箱も開けられないことはない。だからこそ最初の一つなんだがな」

黒い制服と真っ白な腕の対比が、不吉《ふきつ》なくらいに目に痛かった。

「太さで少し負けているか。仕方がない、銃《じゅう》と剣《けん》では使う筋肉も違う。だがこれだけ差があっては、万一の場合に使いこなせる保障はないな」

「使いこなすって、それを振り回してどうにかするつもり?」

鍵をどう扱《あつか》うのか尋《たず》ねているのだ。デューターは革のケースの中を顎《あご》で示した。布を剝《は》ぎ取った底の部分には、中世史博物館でしか見ないような頑強《がんきょう》な剣が一振《ひとふ》り収められていた。

「すげ替《か》える。それで俺の……左腕を斬り落として。この百四十年間腐らなかった腕とすげ替えるんだ」

「そんなことできるわけが……」

「できるかどうかは判《わか》らない。だが、今のところ他に方法を知らないからな。一度開いた箱と解放された力を制御《せいぎょ》できるのは、鍵とその正当な持ち主だけだ。現在、隊が保有しているのは『鏡の水底』で、俺の持っているのは『風の終わり』の鍵だけだが……聞いているだろう、該《がい》当《とう》する鍵に近いものなら、無理やりこじ開けることも可能だと。だったらこの玩具《おもちゃ》みたいな左腕で、逆に閉じることも可能なんじゃないのか」

「リチャード」

「奴等《やつら》はあの箱を開けて、凶悪《きょうあく》な力をこの世に解放するつもりだ。その先どうなるかも考えずに、ただ戦力を上げるためだけに……。奴等の作戦を妨《さまた》げるためになら、多少の犠《ぎ》牲《せい》はやむを得ない。ましてそれが俺の腕一本で済むのなら」

「やめてよ!」

エイプリルは彼から赤い布を奪《うば》い取り、鈍《にぶ》く光る鞘《さや》を乱暴に覆《おお》った。

馬鹿げてる。いくら敵の作戦を食い止めるためとはいえ、自分の片腕を犠牲にするなんて。

「馬鹿げてるわ。たかが箱よ。なのにそれを身を挺《てい》して守ろうなんて」

「別に馬鹿げた話ではないさ。そのために親衛隊にまで入ったんだ。そのためにこんな」

中尉《ちゅうい》は忌々《いまいま》しそうに軍帽《ぐんぼう》をとり、向かいの席に投げ飛ばした。

「不愉快《ふゆかい》な服まで着ているんだ。まあもっとも、アメリカ人には永久に判らないだろうな……暴走列車の乗り心地《ごこち》は、乗った客にしか判らないものだ」

茶色の髪《かみ》に指を突《つ》っ込んだデューターは、先程までよりいくらか若く思えた。

彼は窓の外を眺《なが》め、エイプリルはその横顔を眺めている。無表情で冷淡《れいたん》な印象が薄《うす》まり、ごく普通《ふつう》の善良な青年に見えた。

「だから、親衛隊に入ったの？」

「ああ」

「暴走する列車を止めるために？」

「そうだ。ま、髪や瞳の色は気にくわなかったろうが、特に問題もなく入隊できた。こっちは鍵を受け継《つ》ぐ家系の人間だからな。手元に飼っておきたかったんだろう」

聞く者がいないと知りながらも、つい声は低くなる。迂闊《うかつ》には答えられない質問を、昨日会ったばかりの男にしようとしているからだ。

「じゃあなたは今、国を裏切ってるの?」

リヒャルト・デューターは窓の外を見るのをやめて、握《にぎ》ったままの左腕に視線を落とした。

「違う。党を裏切ってはいるが、国を裏切ったことは一度もない。国のために必要なことは何でもするし、邪魔《じゃま》なものは何でも捨てる。お前達みたいに博物館で見せ物にするために、箱を追っているわけでは……」

「違うったら」

黙《だま》り込むと列車の震動《しんどう》が、いっそう強く足の裏に響《ひび》いた。

エイプリルは祖母に教わったとおり、目を閉じてゆっくりと五つ数えた。十本程の枕木《まくらぎ》を通過する間、この男をどう扱うかじっくりと考えた。もっと時間をかけるべきだったのかもしれないし、もっと短くてもよかったかもしれない。結局、筋の通った根拠《こんきょ》も思い浮かばないまま、彼女は深く息を吸った。

勘《かん》に頼《たよ》るべきときもある。

「あの箱は、あたしのものよ」

「バープとかいう老人から譲《ゆず》られたのか?」

「そうじゃない。あれは祖母が発見して、バープさんに預けた物なの。そしてヘイゼル・グレイブスはあたしを後継者《こうけいしゃ》に選んだ。あたしには箱に対する責任がある。あれを取り戻《もど》す義務があるのよ」

青い炎《ほのお》をまとった姿の祖母は、夢の中で必ずこう言う。エイプリルを見詰《みつ》めて悲しげに首を振る。

『触《ふ》れてはいけない』

エイプリルには判っていた。祖母が自分に託《たく》したのは、数字では表現できないものだ。誰《だれ》もあの箱に触れてはいけない。決して触れさせてはならないのだ。

6　アールバイラー

エイプリルがどうにか列車に乗ったのを確かめると、ＤＴはようやく悪態を止めた。正直、もうネタが尽《つ》きかけていたのだ。

一つ置いた隣《となり》の集団では、フランス人医師がやはり先頭で兵士と揉《も》み合っている。ドイツ語とは別の聞き取れない言葉で詩を朗読し、相手の兵を困惑《こんわく》させているようだ。

「ドークターぁ」

立てた親指を後ろに向けて、「とっとと退散」の合図をする。諦《あきら》めきれない市民達はまだ係に詰《つ》め寄り、あるいは切符《きっぷ》の払《はら》い戻しを求めて窓口に詰めかけた。その列を必死で逆流しながら、やっとのことで彼等は合流できた。

「え、えらい騒《さわ》ぎだな」

「そりゃそうだろう。一日遅《おく》れればそれだけ危険が増える。彼等だって生き延びるために必死だよ」

「ん？　なんでそんな急いでベルリンから逃《に》げなきゃなんないんだ？　株でも暴落すんのかい？」

レジャンは笑いながら二等席の切符を破った。どうせ払い戻しなどできやしない。

「きみは呑気《のんき》でいいねえ。いや、呆《あき》れているんじゃなくて、本音だよ。ヘイゼルがきみを大好きだった理由が判る気がする」

どう聞いても馬鹿《ばか》にしているとしか思えなかったが、今更《いまさら》腹も立たなかった。エイプリルと組んでいた二年間で、DTは実に辛抱《しんぼう》強くなった。もっとも女房《にょうぼう》に言わせると、鈍くなっただけとしか認めてくれないが。

「にしても、大丈夫《だいじょうぶ》かね、うちのお嬢《じょう》は。見ず知らずの男に抱《かか》え上げてもらっちゃってよー。しかもあの、悪名高きSSの将校だぜ!? まったくいつの間にあんな子になったんだか」

「いやDT、少なくとも見ず知らずではないよ。昨日、ホテルの前で会ってるだろう？　それに……」

大荷物の客達で混み合ったカフェを通り過ぎながら、レジャンはパナマ帽《ぼう》を頭に載《の》せた。レンズの奥の黒い瞳《ひとみ》が、記憶《きおく》を総動員しつつ迷っている。

「……あの目……あの薄茶で……何かの散った特有の眼《め》だ。僕はどこかで彼に会ってる気がするね。ボストンでかな、それとも戦時中にかな。戦地でだったら彼じゃないかもしれないけど……いや、もっとずっと前かもしれない」

「ありゃ、そーだっけか？　前にも会ったっけか？　実はオレ、顔を覚えるのが苦手で」

DTに得意分野があるのかというと、たった一つしか思いつかない。

「とにかく、一刻も早く追いつかなければならないよ。残る手段は車だが、それでは差が開くばかりだし。ＤＴ？　タクシーではベルリンを出られないよ」

客を降ろしたばかりの白い車をつかまえて、ＤＴはさっさと乗り込んでしまった。運転手に「一番近い飛行場まで」と短く告げると、難しい顔でシートに背を預ける。

「空港は見てきたばかりだろう、空路は遮断《しゃだん》されてる。それにきみがドイツ語を話せるなんて知らなかったよ」

「ドイツ語？　いやぜーんぜん話せねえよ？　ただオレ、お空のことは世界中の言葉で言えんの。あんたたちだって中国語を話せなくても、中華料理《ちゅうか》の名前が言えるだろ？　それと同じ」

信号で止まった運転手が、本当に飛行場でいいのか確認《かくにん》する。唸《うな》るように答えたＤＴに、レジャンは少し苛立《いらだ》った。

「旅客機は飛ばないよ」

「飛ばすのさ」

車は北に向かって左折し、駅をどんどん離《はな》れてゆく。空港とは方向が逆だ。

「空港で待機してる飛行機は出ませんよ、多分。それはお客様用だからな。でも飛行場にはヒコーキがいくらでもいる。こっちは客なんか乗せねーから、座席も堅《かた》いし酔《よ》うし吹《ふ》きさらしだし、少々命懸《いのちが》けな場合もあるけどな。おまけに運が悪けりゃ、二人しか乗れないし」

「自分で操縦するのか!?」

「するよ？　ははあ、何でヘイゼルがオレを大好きだったか知らねーな？」

十代の少女に散々言い負かされていた男は、それでも何故《なぜ》か彼女のことを語るとき妙《みょう》に嬉《うれ》しそうだ。

「あの子を助けるとか教育するとか、そういう理由で組んでるわけじゃないのよ。そんなものはあの子に必要ない。エイプリルがどう思ってるのかは知らないけど、ヘイゼルは最初から孫《まご》娘《むすめ》を高く評価してたし、ヘイゼル以上の教師がいるとも思ってなかった。あの子に教えられる奴《やつ》なんかいない。あとは経験を積むだけだ」

「じゃあ何で、きみと組ませたんだ。まだ未成年だったから？」

「そうじゃない。一つはオレに美人の女房《にょうぼう》がいたため。安全牌《あんぜんぱい》だと思ったんだな。もう一つがあれだ」

ＤＴは、遠く見えてきた金網《かなあみ》と、その先の空を指差した。開けたコンクリートの大地には、小型の機体がいくつも羽根を休めている。

「オレは最後の脱出《だっしゅつ》手段だ。羽根のつく物なら何でも扱《あつか》える。グライダーから双発機《そうはっき》、戦闘機《せんとうき》も。コクピットに入れてくれれば旅客機もお任せだ。ただしジャックするのはオレの得意分野じゃねーから、旅客機はなかなか操縦する機会がないけどな」

「へえ、きみにそんな凄《すご》い特技がね……待てよ、じゃあきみがあの中のどれかを飛ばすとして、ジャックするのは僕の役目なのか？」

頭の後ろに両手を回し、空の男は呑気《のんき》に言った。

「どれでもいいよ。ストライクゾーン広いから」

航空機の乗っ取りは、レジャンも得意としていない。

「……アメリカドルで片をつけよう」

ここはひとつ、ボブの専門分野で。


エイプリルが憤《いきどお》ったのは、乗り物の調達の仕方だった。

朝を待ってゴブレンツで車を探したのだが、近くには基地も中古車屋もない。フランクフルトで買い取ってくるべきだったと嘆《なげ》くエイプリルに、デューターは呆《あき》れた目を向けた。

「これだからアメリカの金持ちには付き合いきれない。いちいち車を買い取るだと？　そんなことをしていたら、何十台の自動車のオーナーになるか判《わか》らないじゃないか」

黒い制服姿のデューターは一軒《いっけん》の農家に入り込み、その家の主人と何事か話し合った。エイプリルが離れて見ていると、主人はやがて項垂《うなだ》れて首を振《ふ》り、銀色の鍵《かぎ》を侵入者《しんにゅうしゃ》に渡《わた》した。納屋《なや》からピックアップトラックを出してくる。荷台には干し草を積んだままだ。

「どうやって交渉《こうしょう》したの」

「交渉？　そんなことはしていない。ただ単に軍に車を差しだすようにと命じただけだ」

「取り上げたの⁉　し、信じられない。悪徳捜査官《そうさかん》みたいな真似《まね》をして！　あーやだ、さすが悪名高き親衛隊よね。これだからＳＳ将校には付き合いきれないっていうのよ。もちろん後できちんと返すんでしょうね。ガソリン満タンにして返すのよね。言っておきますけど借りた物を返さないのは犯罪ですからね！」

「……度量の狭《せま》い冒険家《ぼうけんか》だな」

　ライン川を六十キロ程下り、美しい橋をいくつも渡った。レマーゲンを過ぎる頃《ころ》には周囲の景色に目を奪《うば》われ、ともすると自分の仕事を忘れそうになる。運転席にいるデューターは、エイプリルの様子に苦い顔をした。

「川なんか見ている暇《ひま》があるなら、軍用車輌がないか見張れ」

「うるさいわね、ちゃんとそれも監視《かんし》してるわよ。でももしあなたと同じ制服の連中が流されてても、黙《だま》って見逃《みのが》しちゃうかもねー」

「勝手に見逃すな。そういう奴には石を投げていい。……そんなに川が珍《めずら》しいか？」

　エイプリルは助手席の窓から顔を出し、山岳《さんがく》地帯の清々《すがすが》しい風を頬《ほお》に受けた。ここは砂埃《すなぼこり》の匂《にお》いがしない。ただ水と緑の香《かお》りだけだ。

「川が珍しいわけじゃないの。アメリカにだって川も山もあるけれど……でもこの土地の美しさとはまた別なのよ。どう言っていいか判らないな」

例えば大平原に沈《しず》む夕陽《ゆうひ》も美しいが、オレンジ色に染まった古城の夕暮れもまた美しい。どちらを好むか比べようとは思わないが、初めて見ればそれだけ感動は大きい。

「この景色が壊《こわ》されなければいいんだけど」

「誰《だれ》に」

アメリカ人は口を噤《つぐ》んだ。情勢が不安定なことは彼女でさえ知っている。

ライン川に合流する流れが見えてくると、両岸の丘陵《きゅうりょう》は見渡す限りの葡萄《ぶどう》畑になった。若葉が辺りを萌葱《もえぎ》色に染め、空の青まで緑がかって見えるようだ。その奥に、石を積み上げた城《じょう》壁《へき》がそびえ立っている。アールバイラーだ。エイプリルは感嘆《かんたん》の声をあげた。

「こんな完璧《かんぺき》な城壁は初めてよ！　本当にこの中で毎日生活しているの？　昼だけ営業しているんじゃないの？」

「……壁《かべ》の中は普通《ふつう》の家だ」

ところが城門をくぐっても、エイプリルにとっては普通の光景ではなかった。旧市街には木組みの可愛《かわい》らしい住宅が並び、家々の窓には鉢植《はちう》えの花が並べられている。ただし、通りに掲《かか》げられた旗はどれも鉤十字《かぎじゅうじ》だった。この土地の人々も独裁者を支持しているのだ。

「すごい……でも何か眩暈《めまい》がするような」

「木組みが歪《ゆが》んでいる家があるからな。しかし、そんなに感心するほどのものか？　地方の小都市は皆《みな》こんなものだろう。アメリカ人は一体どんな場所に住んでいるんだ」

「あなたが合衆国に来たときに、その言葉をそのまま返してあげるから」

テキサス辺りを見て驚《おどろ》くデューターを想像し、エイプリルは忍《しの》び笑った。

だが、浮《う》かれていられたのもそこまでだった。城門の脇《わき》には五台のジープと幌《ほろ》付きトラック、士官用の黒い車輛が止められていたのだ。退屈《たいくつ》そうに欠伸《あくび》をしているとはいえ、二名の兵士が歩哨《ほしょう》に立っている。二人は見咎《みとが》められないように、パン屋の角に身を潜《ひそ》めた。

「やはりアールバイラーに目をつけたか。『清らかなる水』といえば此処《ここ》かドナウエッシンゲンだからな」

「レジャンの予想どおりよ。箱の鍵を開けるために、連中は絶対にアールバイラーに向かうはずだって」

「少々地理に明るければ、誰にでも立てられる予想だが」

「自分だって同じことしか考えられなかったくせに。ああ、それにしてもいい匂いね」

「こんなときに昼食のパンの話か⁉　これだから女子供とは組みたくないんだ！　この程度でいい匂いとか言っているようでは、早朝のパン屋には近づけないぞ」

「やめてこれ以上美味《おい》しそうなこと言わないで！　それにしてもアールバイラーの『清らかなる水』って、一体何処《どこ》に置いてあるの？　教会？」

「いや」

デューターは歩哨の装備を確認し、ピックアップの荷台に手を突《つ》っ込んだ。干し草の山から二丁の銃《じゅう》と、やや旧式なライフルを取り出す。口径の小さい方をエイプリルに放ってよこすが、彼女はそれを干し草の中に落とした。

「アポリナリスの泉は葡萄畑の中で発見されて、今でも湧《わ》き続けているんだ。おい、それくらい持て。胸の代わりに詰《つ》めた玩具《おもちゃ》では、撃《う》たれた場合に応戦できないぞ」

「失礼ね、この胸は自前ですー。何か詰めたりはしていません」

「なるほど」

「納得《なっとく》しないでよっ」

だが、泉が発見されたのは僅《わず》か九十年程前だ。箱の作られた年代がはっきりしないとはいえ、そこまで新しいはずはない。文字と記号は後世の模写であると考えれば、そこから本体の製作年を割り出すことはできない。だが金属の腐食《ふしょく》から判断すれば、装飾《そうしょく》部分がつけられた年代は推測できるはずだ。

「後でつけた縁取《ふちど》りだけだって、百年二百年で済むものじゃないでしょうに。なのに何故そんな新しい泉の水が、鍵に使われていると思うのかしら。世界にはもっと古《いにしえ》よりの由来ある水場が……」

「ドイツでなくてはならないんだ」

「え？」

「何事も、ドイツでなくてはならないんだ。神に選ばれた聖なる物は、他国に存在してはならない。選ばれた水も、選ばれた民《たみ》も。残念ながら今はそういう時代だ」

デューターはあの楽器ケースを出し、留め金がしっかり掛《か》かっているかを確認《かくにん》した。彼は「鍵」を持って歩くつもりだろうか。

「あたしが持ったほうがいいんじゃない？　それにリチャード、あなたその服だと恐《おそ》ろしく目立つと思うけど」

「リチャードじゃ……俺にそれを着ろというのか」

こちらの全身を眺《なが》め回してから、自分の将校服と見比べる。女物のスーツが入る体型ではないだろうに。エイプリルはがっくりと肩《かた》を落とした。

「服を交換《こうかん》しようって言ってるわけじゃないわよ。ただ、目立つんじゃないのって言ってるだけ。貸して、やっぱりあたしが持つ。あたしなら旅行者だって誤魔化《ごまか》せるし」

だが、残念ながらエイプリル自身の顔も割れていた。

連れであると悟《さと》られずに、歩哨の横を通り過ぎたまでは良かった。一般《いっぱん》兵達は将校の姿に疑いを持たず、健気《けなげ》に敬礼までしていた。エイプリルが店を冷やかしながら通るのにも、特に関心は寄せなかった。

アポリナリスの泉は市街地を抜《ぬ》けた葡萄畑にある。本隊はそちらに集結しているらしく、進むにつれて住人の空気もピリピリしてきた。彼等はヒトラーを支持してはいるが、親衛隊員を歓迎《かんげい》する気はないようだ。制服姿のデューターが過ぎてゆくと、店の前で小声で囁《ささや》き合った。

権威《けんい》の塊《かたまり》みたいな態度で歩かれては、地元の人々もいい気分ではないだろう。デューターの顰《しか》め面《つら》を斜《なな》め横から眺めつつ、エイプリルは納得した。

見知った顔が視界に入ったのはその時だ。

黒い制服がちらりと動いたのは、特に不思議にも感じなかった。ああ、箱の研究もSSの管轄《かんかつ》なのだなと思ったくらいだ。午後の日差しに輝《かがや》く金髪《きんぱつ》も、ある意味ユニフォームみたいなものだから珍しくはない。だがその男がこちらに近づくにつれて、彼女の両目は丸くなる。

ケルナーだ。

いつもどおり自信満々な笑顔《えがお》で、ヘルムート・ケルナーが闊歩《かっぽ》していた。

「嘘《うそ》でしょ、ベルリンにいたはずなのに」

早くデューターに報《しら》せてやりたいが、大声で叫《さけ》ぶわけにもいかない。偶然《ぐうぜん》こちらを見た彼に身振《みぶ》り手振りで教えようとしたが、相手は一向に理解してくれない。フットボールがどうしたとか呟《つぶや》いている。サッカーじゃなくてケルナー。ケ、ル、ナ、ー。埒《らち》があかない。

エイプリルは小動物みたいな小走りで道を横切り、デューターの腕《うで》を摑《つか》んで手近な店へと引きずり込んだ。観光客と軍人という妙《みょう》なカップルで、土産《みやげ》物売り場をうろつくのはまずい。あくまで他人のふりを貫《つらぬ》こうと、並んで立ちながらもお互《たが》いに目は合わせない。

「こっち見ちゃ駄目《だめ》。前を向いて、前を向いたままよ」

「公道であんな妙な踊《おど》りをしたら、目立つ以前に恥《は》ずかしいだろうが」

「あ、あ、あ、あなたね、あたしが好きでジェスチャーしてたとでも思ってんの!?　そうじゃないのよいたのよいたのよあいつが！」

「落ち着け、あいつって誰だ、チョビヒゲか？」

「きゃーもの凄《すご》い問題発言！　あっ、でもこっちを向いちゃ駄目だったら。違《ちが》うわ、いくらあたしが強気でも独裁者をあいつ呼ばわりはしないわよ。違うの、あいつよ、ヘルムート・ケルナーよ」

「ケルナー中尉《ちゅうい》が？　あんな男が一体何故《なぜ》……」

エイプリルは手近な民芸品を摑み、品定めするように握《にぎ》ってみた。クルミ割りヒトラーだ。縁起《えんぎ》でもない。正面に向けた視線の先で、小太りの男性店員が居心地《いごこち》悪そうに身じろいだ。

「もしかしてあたしを追いかけて来ちゃったのかしら。困ったなーあたしまだ独身なのに」

「そこまで暇《ひま》ではないだろう」

身も蓋《ふた》もない。

自分達よりも先に着いていたのだから、ケルナーもやはり箱関連の任務に就《つ》いていると考えられる。文化省所属で美術品のオークションを仕切っていたのだから、出国者から取り上げた品々の保管や移動も、彼に任されているのかもしれない。

「となると『鏡の水底』は文化省の管轄ということに」

「文化？　箱って文化省公認なの？」

なにやら由緒《ゆいしょ》正しい響《ひび》きだ。

「お客さんたち、さっきからうちのダンナが怯《おび》えてしょうがないんだけどね」

「はい?」

恰幅《かっぷく》のいいおかみさんに声をかけられ、二人は同時に顔を上げた。視線の先にいた男性店員は、冷《ひ》や汗《あせ》を流して縮こまっている。しまった、見詰《みつ》めすぎだ!

「あ、違うの違うのよ。たち、って一緒《いっしょ》にされちゃうと迷惑《めいわく》なの。この人全然、連れでも何でもないから」

「そうなのかい? そりゃあ悪かった。ぴったり並んで同じ品物をにぎにぎしてたからさ」

ふと手元を見るとデューターもクルミ割りヒトラーを握っている。しかも微妙《びみょう》に色違いだ。

ここはどうにか自分が誤魔化さなければ。エイプリルは奇妙《きみょう》な使命感に燃えた。

「あたしったら、うちの叔父《おじ》さんと間違えちゃったぁ。でもこっちの人は親衛隊でしょ。やっぱり心から愛してるのねー」

「SSといえばさぁ」

物怖《ものお》じしないおかみさんは、女同士の気安さで話しかけてきた。

「お嬢《じょう》さん観光でしょ? せっかく来てくれたのに残念だけどさぁ、泉にはあんまし近寄んないほうがいいよー?」

「どうして?」

「昨日の昼から兵隊がいっぱい来てさ、泉に何か仕掛《しか》けてるんだよ。涸《か》れちゃったりワイン作れなくなっちゃったらどうしようって、アタシらも気が気じゃないんだけどさ。どんな様子かちょっくら覗《のぞ》こうにも、テント張っちまって全然見えないんだよねぇ。うちの子が潜《もぐ》り込んで見てきた感じじゃさ、泉の下になーんか薄汚《うすぎたな》い木箱置いてんだってさ。冗談《じょうだん》じゃない、実験だか儀式《ぎしき》だか知らないけどさ。そんな不衛生なことされたら、今年のワインはどーなっちゃうんだっていうの！　ちょっと軍人さん、あんた同じ制服着てるんだからさ、変なことするなって一言いってきてちょーだいよ」

「あっ？　ああ」

突然《とつぜん》、矛先《ほこさき》がデューターに向けられた。不慣れなせいか一瞬《いっしゅん》怯《ひる》む。すかさずエイプリルがサングラスを購入《こうにゅう》し、ケルナーがいないのを確認してから通りに出る。どう見ても不審《ふしん》人物だ。

「馬鹿《ばか》ね、あそこで怯んじゃ駄目なのよ。車奪《うば》った時みたいに強気でいかなきゃ。でもこれで、少しは状況《じょうきょう》が呑《の》みこめたわね。箱は本当にここにあるし、連中はアポリナリスの泉の水が例の清らかなる水だと思ってる。ここの水が鍵《かぎ》だと思ってるんだわ。まったく見当違いなのに」

「見当違いのことを試してくれているうちに、早くこちらに取り返さないと。万が一、本物の鍵を発見してしまったら、俺一人の力ではどうにもならない」

「あら、一人じゃないでしょ？」

デューターは瞳《ひとみ》にかかる失望の色を濃《こ》くした。

「一人も同然さ」

「あたしがいるじゃない」

「……一人どころか足を引っ張る子供が一緒……いいか、今のうちに言っておくが、首尾《しゅび》良く箱を手に入れても、お前に渡《わた》すわけにはいかない。後継者《こうけいしゃ》だ所有者だと主張しようが、あれを誰《だれ》かに渡すわけにはいかないんだ。お前達があれを持ってアメリカに逃《に》げようとするのなら、俺は容赦《ようしゃ》なく銃《じゅう》を向けるぞ」

「ご心配なく。あたしも容赦なく反撃《はんげき》するから」

エイプリルはジープの音に気付き、看板の陰《かげ》に素早《すばや》く身を隠《かく》した。灰色の制服の集団が通り過ぎる。

「ボストンであれだけやっておいて、今さら銃を向けるもあったもんじゃないでしょ。警告は襲撃《しゅうげき》前にしてちょうだい。もっともあたしは警告されると却《かえ》って燃えるタイプだけど」

諭《さと》すようなレジャンの言葉を思い出す。

あれを欲しがる者は幾《いく》らでもいる。皆《みな》、金に糸目はつけないだろう。どうにかして防がなくてはならないよ。そして二度と悪用されないように、一刻も早く安全な場所に葬《ほうむ》ってしまわなければ……。

「約束したのよ」

もしも首尾良く「鏡の水底」を取り戻《もど》せたら、どこか見つからない場所にあれを葬り去ると。

あれは人の手が触《ふ》れてはならないもの。人の手に触れさせてはいけないものだ。

「それに連中が水にこだわってるうちは、絶対に『鍵』は見つけられない」

「どういうことだ、グレイブス」

「だって『清らかなる水』は、水じゃないから。まだこの世界に存在しない子供の血だから」

「血？」

扉《とびら》は清らかなる水をもって開き、それをもってしか開いてはならない。

リヒャルト・デューターは苦く笑い、革の楽器ケースに視線を落とした。それから低く、しかし優《やさ》しい口調で、その子の運命に同情すると呟いた。

「……血なまぐさい話だ……だが所詮《しょせん》、『風の終わり』の鍵だって、永遠に腐敗《ふはい》しない不気味な左腕《ひだりうで》だからな。四つの箱のどれをとっても、美しく優雅《ゆうが》な鍵なんてあり得ないだろう」

「そうかもしれないけど」

残る二つの鍵が何なのか、恐ろしくて想像する気にもならない。

城門を抜《ぬ》けて少し距離《きょり》をおいた場所、青々と茂《しげ》る葡萄《ぶどう》畑の中央に、白茶の巨大《きょだい》な布が姿を現した。幼い頃《ころ》にライオンを見に行ったサーカスのテントみたいだ。武装した兵士が周りを囲み、灰色の制服の士官が出入りしている。全員が文化省というわけではないらしい。陸軍も加わった作戦ということだ。

テントの前には幌《ほろ》を外したトラックが一台。残念ながら荷台は空だ。

「手薄《てうす》な場所から忍《しの》び込むか。ご婦人のドレスの中に潜り込むように」

「笑ってほしい？　あまり上品な冗談じゃないけど」

エイプリルはデューターの脇腹《わきばら》を小突《こづ》き、戦闘《せんとう》モードの声で言った。

「銃を貸して」

「さっき渡したろう」

「あれじゃなくて、機関銃かライフルを貸して」

「撃《う》てるのか。子供にそんな危険な物……」

言い淀《よど》む相手から強引《ごういん》にライフルを奪い取ると、膝《ひざ》をつき、ワインの空樽《あきだる》で銃身を固定する。

「もう十八よ。それにまだ十歳くらいの頃、アラスカで猛獣《もうじゅう》を撃ったこともある」

「誰だ、そんな末恐《すえおそ》ろしい育て方をしたのは⁉」

そのとき撃ったのは巨大な灰色熊だった。噂《うわさ》では人を三人殺していたらしい。仕留めることはできなかったが、眼《め》と眼が合ったときヤツは確かにこう言った。「お嬢さん、なかなかやるな」。もちろんクマ語で。

エイプリルは慎重《しんちょう》に照準を合わせ、喉《のど》の奥で五つカウントした。五と同時に一発目の引き金を引き、続けて四発、トラックのタイヤを打ち抜いた。最後の五発目でガソリンタンクを狙《ねら》い、うっかり外して女の子らしからぬ舌打ちをした。六発目でタンクに穴を空ける。慌《あわ》てた兵の足元に細く油が流れる。

「信じられない！　一発外しちゃった」

「……どういう育て方をすればこんな恐ろしいガキに……」

　見張りの注意がトラックに集まった隙《すき》に、彼等はテントの裏へと駆《か》け寄った。しばらくの間は外部にいる敵を探して、走り回ってくれるだろう。重い防水布を捲《まく》って頭を突《つ》っ込む。下半身だけ外という恥《は》ずかしい格好だ。

　陽《ひ》を遮《さえぎ》られ、そう明るくないテントの内部は、エイプリルの予想を大きく裏切るものだった。地面から突きだした太い水道管が、銀色の巨大《きょだい》なタンクに繋《つな》がっている。末端《まったん》には量を調節するバルブがつけられ、そこから受け皿に水を吐《は》きだしていた。

「これが泉？　イメージと違《ちが》ーう」

「文句を言うな。瓶詰《びんづ》め工場建設中だったんだ。どうせ小便小僧《こぞう》でも想像していたんだろうけどな」

「違うわよ、こう、岩の間からこんこんとね」

　這《は》いつくばったまま下半身も引き込み、人目に触《ふ》れないよう資材の陰に隠《かく》れる。中にいる武装兵は数人で、あとは目下作業中だ。士官達だけが暇《ひま》そうにブラブラしている。エイプリルが驚《おどろ》いたのは、思ったより多くの住人が侵入《しんにゅう》を許されていたことだ。秘密主義の特殊《とくしゅ》部隊が、見学者お断りで極秘《ごくひ》作戦を展開している光景を思い描《えが》いていたのに。

「そんなことより箱を探さなきゃ」

「探すまでもないようだ」

作業兵の二人が木箱を運んできた。灰色の制服の将校に見せるが、男は特に確認《かくにん》もせず、小さく頷《うなず》いただけだった。

「陸軍の少佐《しょうさ》だ。ここの指揮官か？　それにしても杜撰《ずさん》な扱《あつか》いだな……どんな力を持つのか聞かされていない可能性もあるが……どうしたグレイブス」

「なんか薄汚《うすぎたな》くて貧乏《びんぼう》くさい箱なんですけど。ちょっとがっかり」

「……神をも畏《おそ》れぬことを言うな、お前は」

二人組が運んでいたのは、何の変哲《へんてつ》もない蓋《ふた》付きの木箱だった。表面は炭化したみたいに黒くくすみ、金属の縁取《ふちど》りには錆《さび》が浮《う》いている。大きさは子供の棺桶《かんおけ》くらいだ。普通《ふつう》に成人した男なら、力自慢《じまん》でなくとも一人で抱《かか》えられるだろう。

不意に見学者達がざわめいた。木箱がバルブ近くに置かれたのだ。

エイプリルは自分の拳《こぶし》が震《ふる》えているのに気付いた。緊張《きんちょう》している。覆《おお》い被《かぶ》さるように立つデューターの胸からも、高まった心音が聞こえる気がする。

「い、泉の水は本当に『鍵《かぎ》』じゃないのよね？」

「念を押したいのは俺のほうだ」

作業兵が苦労して蓋を開ける。女性の住人が悲鳴に似た声をあげた。

「ど、どうするの⁉　あっさり蓋が開いちゃったじゃない」

「騒《さわ》ぐな。外側の蓋は留め金を壊《こわ》せば普通に開く。中に説明しがたい空間があるんだ。空間というか……壁《かべ》というか、門というか……静かな竜巻《たつまき》みたいなものだ。それを静めて空間を繋げるのに『鍵』が必要なんだ」

空間とか、繋げるとか言われても、言葉の上でしか理解できない。やっぱりおばあさまのお気に入りのジュール・ヴェルヌを読んでおくべきだったろうか。表紙の絵だけで挫折《ざせつ》してしまったのだが。

「箱の中を見たことがあるの？」

「いや、ない。だが俺の先祖はあそこに力を封《ふう》じ込《こ》めた人物だそうだからな。言い伝えには事欠かない」

中を覗《のぞ》き込んだ作業兵が、音を立てて蓋を閉じた。両手で口と鼻を覆い、身体《からだ》を折って咳《せ》き込んでいる。

見てはいけない物を目にしたか、それとも毒の噴出《ふんしゅつ》する罠《わな》でも仕掛《しか》けてあったのか⁉

その場にいた全員が一斉《いっせい》に出口を向いた。見張りの兵士や指揮官と思《おぼ》しき将校までもだ。無責任な部隊である。

「だ、大丈夫《だいじょうぶ》です！」

気の毒な犠牲者《ぎせいしゃ》が咽《む》せながら片手を振《ふ》ると、人々は安堵《あんど》の息をつきかけたが、たちまち不快な顔になる。汚物《おぶつ》でも撒《ま》き散らしたような悪臭《あくしゅう》が、テント中に広がったのだ。

「内部の空気が腐《くさ》ってたんだな」

「あー、ばごうげどるのいやになってぎだわ。まえのもぢぬじば、いっだいなにをいれでおいだのかじら」

自信のなさそうな答えが返ってきた。

「……卵、か？」

「まじめにごだえなぐでもいいのよ」

幸いだったのは腐臭《ふしゅう》に耐《た》えかねた下士官が、何人か外に避難《ひなん》してくれたことだ。敵兵は少ないに越《こ》したことはない。このまま全員が悪臭から避難してくれれば、大手を振って箱を持ち去れる。彼女自身がそれまで耐えられればの話だが。我慢《がまん》比べみたいな作戦だ。

損な役回りを押し付けられた箱係は、意を決してもう一度蓋を持ち上げる。蝶番《ちょうつがい》が軋《きし》む音がして、古い木箱は内部をさらけだした。

そのまま、バルブの下に押しやろうとする。端《はた》から見ても判《わか》るほどの及《およ》び腰《ごし》だが、早く済ませたいのか押す力は強い。

何かの間違いで箱が、門が開いてしまいませんように。あり得ないことだと知っていながらも、エイプリルは心の奥で祈《いの》った。

勢いよく吹《ふ》き出す水流の真下に、ぽっかりと口を開けた木箱が動こうとした。その時だ。

「待て！　アポリナリスの泉は『鍵』ではないぞ！」

誰《だれ》だ、余計なことを言う奴《やつ》は。

テントの幕が大きく持ち上げられて、午後の陽《ひ》が一気に流れ込んできた。その光を背にして黒い影《かげ》が立っている。小さな愛国者のおまけを連れて。エイプリルは頭を抱えたくなった。

「……誰かあの男をキュッとやっちゃってちょうだい。キュッと」

一言多い男、ヘルムート・ケルナー中尉だ。

身長が腰《こし》にも満たないような、十歳前後の子供を従えている。ベルリンでよく見かけた、ミニサイズの軍人姿だ。こんな田舎《いなか》の街にまで、独裁者に心酔《しんすい》する少年部隊がいるなんて。短く刈《か》った柔《やわ》らかな金髪《きんぱつ》と、緑がかった青い目が美しい。顔のそばかすが消える頃《ころ》には、きっと親衛隊に志願するのだろう。彼はケルナーに促《うなが》され、顔を真っ赤にしたままボーイソプラノで注進した。

「本物の『鍵』は泉の水じゃないんだよ！　だから泉の水を入れても、おおいなるちからがめざめることはないんですっ」

十中八九子供嫌《ぎら》いであろうデューターが呻《うめ》いた。指揮官らしき灰色の制服が、興味本位で少年に尋《たず》ねる。

「では何が『鍵』だと言うんだね？」

レプリカ軍服の小さな愛国者は、一層胸を張ってはっきりと答えた。

「きよらかなるみずはアポリナリスの泉じゃなくて、なんだか子供の血のことだって、あの人達がうちの店の前で話してました！」

そしてまだ細く、白い手で、真っ直《ます》ぐにこちらを指差した。


「あーあたしったら、なんて運がいいのかしら。こんな間近で箱を見られるなんてー」

エイプリルは両手首を無闇《むやみ》に動かしながら、背中合わせの男に言った。デューターに八つ当たりするくらいしか、今のところ憂《う》さの晴らしようがない。

「そりゃ良かった。前々から本物を見たがっていたものな。お嬢《じょう》さんにお見せできて俺も光栄ですよ」

「何よ、近けりゃいいってもんじゃないわよ。光栄だなんて心にもないこと言うのやめなさいよね」

「それはこっちの台詞《せりふ》だグレイブス。まったく、子供にかかわるとろくなことにならないッ」

少しでも縄《なわ》が緩《ゆる》まないかと、デューターが忙《いそが》しく肩《かた》を動かす。彼等は両腕《りょううで》をぎっちりと縛《しば》られて、バルブと箱のすぐ脇《わき》に転がされているのだ。

「やめてやめて、肩胛骨《けんこうこつ》が当たって痛いじゃないのっ」

「生きてるうちに痛みを楽しんでおけ」

捕虜《ほりょ》を見下ろすヘルムート・ケルナーは、皮肉っぽい笑《え》みに唇《くちびる》を歪《ゆが》めた。

「一体どうして二人がこんなに親しくなったのか、自分には想像もつかないが……しかしフラウ・グレイブス、あなたには失望した。この私ではなく、よりによってこんな異端者《いたんしゃ》を選ぶとはね。しかも……ああしかも、貴女《あなた》がまだ人妻でなかったたなんて！」

「後のほうの失望が、ちょっと納得《なっとく》いかないんですけど」

無駄《むだ》な抵抗《ていこう》と知りつつも腕を抜《ぬ》こうと試みながら、エイプリルはケルナーに訴《うった》えかけてみる。

「ねえ中尉《ちゅうい》、この縄すごくきついのよ。こんな縛られ方してたら、あっという間に血が止まっちゃう」

「それは申し訳ありませんねお嬢さん。でも残念ながら緩めて差し上げるわけにはいかないのですよ。何故《なぜ》なら、貴女と背中合わせの男は、愚《おろ》かだが優秀《ゆうしゅう》な軍人でね。一般《いっぱん》的な縛り方では、すぐに抜け出してしまうのですよ。何しろリヒャルト・デューター中尉といえば、脱出《だっしゅつ》不可能と言われた敵陣《てきじん》からでさえ、何度も生還《せいかん》してきた男ですからな」

「じゃあこの人と別々に縛ってちょうだい。お礼にDTを紹介《しょうかい》してあげるから」

「あのアジア人？」

「そうよ」

ありえない話だが、ケルナーは一瞬《いっしゅん》迷った。

デューターは呪《のろ》いの言葉を呟《つぶや》きながら、左肩《ひだりかた》を定期的に捻《ひね》っている。彼が本当に優秀な軍人なら、こんなにあっさり捕縛《ほばく》されることはなかったろう。だがその場の全員、あまつさえ住民達にまで銃《じゅう》を向けられては、とりあえず両手を上げるしかなかったのだ。街にハンターが多いことまでは予想しなかった。兵隊相手なら撃《う》ち合う気になれても、罪のないおじさんおばさんを傷つけるわけにはいかない。

「やめておきましょう」

金髪碧眼《へきがん》、黒い制服に見合った中身の男は、ゆっくりと両腕を胸の前で組んだ。

「きついかもしれませんが今日のところは辛抱《しんぼう》してください。その代わりお嬢さん、貴女には、この箱から溢《あふ》れる水を誰よりも先に浴《あ》びるという、この上もない栄誉《えいよ》が与《あた》えられるのですよ！　いいなあ！　実に羨《うらや》ましいですな！」

「じゃあ譲《ゆず》ってあげる」

「いや結構」

エイプリルは気取られぬように、資材置き場にちらりと目を走らせた。大丈夫だ、まだ誰も近づいていない。余った鉄骨と防水布の隙間《すきま》に、あの革ケースを隠《かく》してきたのだ。この状態で腕まで奪《うば》われてしまったら、デューターに何を言われるか判ったものではない。

「その箱のことだけど」

指揮官らしき灰色の制服の男が、ことの発端《ほったん》である子供を伴《ともな》って歩いてきた。少年は自慢《じまん》と興奮で、顔を真っ赤にしたままだ。

「あたしたちが泉の水は鍵《かぎ》じゃないと言ったからって、それをすぐに鵜呑《うの》みにするのはどうかと思うの。だってあたしは箱を見たことさえなかったアメリカ人だし、世間知らずのお嬢様《じょうさま》ですもの」

デューターが「今さら」と呟いた。当然、無視だ。

「そんな事情も知らない人間の戯言《たわごと》に振《ふ》り回されるなんて、保守的で堅実《けんじつ》なドイツのプレースタイルから外れてるんじゃなくて？」

「お嬢さん、これはフットボールではないのだよ」

指揮官らしき男がエイプリルの顎《あご》に触《ふ》れた。少佐《しょうさ》の階級章を着けている。余分な肉を全《すべ》て削《そ》ぎ落とし、ついでに精気も八割がた抜いたみたいな顔だ。これで両眼《め》が落ち窪《くぼ》んだら、周囲は彼のことを死神少佐と呼ぶだろう。

「アメリカ人の娘《むすめ》一人が言ったことならば、我々とて耳は貸すまい。たかだか一観光客の戯《ざ》れ言《ごと》だ。早いところお国にお帰りいただくだけだ。だが会話の相手がリヒャルト・デューター中尉となれば話は別だ。彼はこの国で唯一《ゆいいつ》『鍵』らしき物を所持している人物で、その貴重さ故《ゆえ》に総統の覚えめでたく、親衛隊将校にまでなった男だよ。残念ながら『鏡の水底』の鍵ではないようだがね……その男が真剣《しんけん》に受け止めている以上、我々としても無視するわけにはいかんのだ」

「あーきーれーた。ぜんぜん真剣になんか受け止めていないわよ。ね、リチャード」

「リチャードじゃ……」

彼はまだ居心地《いごこち》悪そうに左腕を動かしている。肩胛骨が背中に当たって痛い。腹を括《くく》ることを知らない男だ。

「そうなのかねリヒャルト・デューター中尉。ところで中尉、先日、私の部下が例の左腕を貰《もら》い受けに行ったのだが、前夜に何者かが侵入《しんにゅう》して持ち去ったらしいのだ。職員は夜間のことで知らぬと言うばかりだが。心当たりはあるかね」

「さあ」

色素の薄《うす》い瞳《ひとみ》がデューターを脅《おど》すが、彼の態度は変わらない。

「ふん、成程」

死神少佐は踵《きびす》を返し、段を降りて箱から一歩遠ざかった。

「シュルツ大佐《たいさ》の子飼いの者は、みな不貞不貞《ふてぶて》しいと聞いてはいたが」

大佐もまた、デューターと同じく鼻つまみ者のようだ。

「あなたたちって嫌《きら》われ者集団の部隊なの？」

エイプリルは背中合わせの相手に訊《き》いた。もちろん返事はない。自分だったらそんな組織に属するのはごめんだな。

指揮官は無感情に鼻を鳴らして、バルブと捕虜を交互《こうご》に見比べた。それから先程の箱係だった二人の兵士を呼び、小さな軍服姿の子供を箱の前に立たせる。

「さて、愛国者くん」

何が起こるのか見当もつかない少年は、両腕を大人に摑《つか》まれてきょとんとしていた。頰《ほお》の紅潮が治まって、そばかすばかりが余計に目立つ。

「小さいながらもきみは立派な帝国軍人《ていこく》だ。来年には総統閣下の少年部隊に入隊できる年齢《ねんれい》だろう。だが我々は今、きみの協力を必要としている。来年ではなく今なのだ。どうだろう、愛国者くん、総統閣下と第三帝国のために、きみの生命《いのち》を捧《ささ》げてはくれまいか」

「よろこんで！」

極度の緊張《きんちょう》で唇を震《ふる》わせながら、十かそこらの男の子はぎこちなく片手を挙げた。エイプリルは目を逸《そ》らす。こんな子供に何が判《わか》るというのか。

指揮官は満足げに頷《うなず》くと、二人の兵士に合図をした。

「素晴《すば》らしい！　若き闘士《とうし》よ、感謝する。ではきみの血を、箱を開く鍵として使わせてもらおう。箱が開き、これが我が軍の戦力となった暁《あかつき》には、きみの名は諸兄によって讃《たた》えられ、永遠に語り継《つ》がれることだろう……よし、やれ」

デューターが身動《みじろ》いだ。

突然《とつぜん》こめかみに銃口《じゅうこう》を押し当てられて、少年の細い手足が強《こわ》ばった。子供の血を箱に流し込むために、彼の頭を撃ち抜こうというのだ。

「ちょっと何⁉　そんな恐《おそ》ろしいこと……ッ」

ぎょっとして腰《こし》を浮《う》かせたが、デューターごと縛《しば》られているので立ち上がれない。

肩《かた》を掴んだ兵士が大人の掌《てのひら》で口を覆《おお》うと、男の子の蒼白《そうはく》になった顔に恐怖《きょうふ》の汗《あせ》が浮かんだ。奇妙《きみよう》なことに誰《だれ》も騒《さわ》がない。どうやら少佐とケルナーの陰《かげ》になって、見学者の住人からは事の詳細《しょうさい》が見えないようだ。

引き金に掛《か》かる指がぴくりと動く。

何とかして凶行《きょうこう》を止《や》めさせようと、エイプリルは声を限りに叫《さけ》んだ。

「そんなことをしても無駄よ！」

銃を押し付けていた兵士が、はっとして顔を上げた。

「待ちなさい、ちょっと待ちなさいよ死神少佐！　いいこと教えてあげる、ていうよりこれ知らなきゃ絶対に損するようなこと。いい？　耳の穴かっぽじって……あら失礼。よーく聞きなさいよ。『清らかなる水』っていうのはねえ、そんじょそこらの子供の血じゃないのよ。そのチョビヒゲ予備軍坊《ぼう》やはここんとこ聞き損ねてたみたいだけど、ほんとはね、まだこの世に生まれてないの。この世界に生まれていない子供の血なんだって！」

「この世界に生まれていない子供だと？」

指揮官は、あるのかないのか判らない薄い眉《まゆ》を顰《ひそ》めた。不信感丸だしの表情だ。それ以上口を挟《はさ》ませず、エイプリルは早口で畳《たた》み掛けた。

「あ、疑ってるわね!?　いいわよ別に。信じる信じないはそっちの勝手だから。ただお嬢様《じょうさま》育ちのアメリカ人の言うことだからって、鼻で笑ってると後で痛い目みるわよ。だって何しろ、お嬢様とは仮の姿で、本当のあたしはあの箱の所有者なんですからね！」

「所有を主張するのか」

「そうよ。主張するもなにも、現在のオーナーはあたしだから」

「いや、あの箱はユダヤ人が持ち出そうとした国家の財産だ。アメリカ人の所有であるはずがない」

「だってヤーコプ・バープ氏に預けてたのは、他《ほか》ならぬあたしの祖母なんだもの」

「中尉《ちゅうい》！」

背中でデューターーが、目の前でケルナーが反応した。どちらの将校を呼んだのか、はっきりしない。

「このお嬢さんの言葉は本当か？」

デューターーはJa《イエス》、ケルナーはNein《ノー》と答えた。指揮官のお気に召《め》したのは、ケルナー中尉の回答だ。

「この『鏡の水底』は我がドイツの国家財産であります。この箱の秘めたる大いなる力は、全て総統閣下と我等の国家のために存在します！」

「私も同意見だ。だがこちらのお嬢さんのもたらしてくれた情報も非常に興味深い。そこでケルナー中尉、たった今入手したばかりの新たな情報も踏《ふ》まえ、真の鍵を探求する任務を全うしようではないか」

「はっ」

死神少佐は半泣きの少年を払《はら》い除《の》け、部下数人とケルナーに向かって命じた。

「諸君、まだこの世に生まれていない子供の血だ。私が何を思い描《えが》いているか判るかね。理解できたら今すぐこの場に連れてこい」

借り物競走めいてきた。

兵士達とケルナーはテントを小走りで出て行き、数分後には息を切らせて戻《もど》ってきた。若い女性を二人、連れている。

エイプリルは最初、連中が赤ん坊を連れてくるのだと予想し、思いつく限りの罵倒《ばとう》の言葉を用意して待った。そうでもしなければ正気を保てそうになかったのだ。もちろん、実際にそんなことになったら全力で阻止《そし》する。どうにかして赤ん坊の生命は助ける。具体的な案など何もないし、未《いま》だ両腕《りょうで》の自由は奪《うば》われたままだったが、いざとなったら背中合わせのドイツ人を振り回してでも立ち上がり、生贄《いけにえ》の子供を救う決意だった。

しかし彼女の予想に反し、若い女は赤ん坊を抱《だ》いていなかった。

「どういう……」

少佐が酷薄《こくはく》そうな瞳を動かす。エイプリルを斜《なな》めに見下ろすと、血走った白目の面積が広がった。

「清らかなる水とは、未だこの世に生まれていない子供の血……こういうことではないのかね、お嬢さん？」

女の一人が怯《おび》えて腹部に手をやった。それでようやくエイプリルは気付いた。一歩後ろにいるもう一人も腹が大きい。

妊娠《にんしん》しているのだ。

二人の女性はいずれもこの街の妊婦《にんぷ》だ。まだ俗世《ぞくせ》に生まれ出《い》でていない子供を宿している。この冷酷《れいこく》なナチはそれを、「鏡の水底」の鍵《かぎ》として使おうとしている。

胸が悪くなる。吐《は》きそうだ。

指揮官は得意げな兵士達に頷き返し、短い言葉で次の命令を与《あた》えた。

「腹を裂《さ》け」

聞いたこともない単語を告げられたみたいに、一瞬《いっしゅん》、全員が唖然《あぜん》とする。やがてその残虐《ざんぎゃく》な意味を真っ先に理解したケルナーが、鈍《にぶ》く光る軍刀を抜《ぬ》いた。起ころうとしていることよりも鋼《はがね》の輝《かがや》きに驚《おどろ》いて、女が恐怖の悲鳴をあげた。

「やめて！　違《ちが》うわやめて、そうじゃな……っ」

立ち上がろうとしたエイプリルは、緩《ゆる》んだ縄《なわ》に邪魔《じゃま》されて無様に尻餅《しりもち》をつく。背中に先程までの支えはなく、絡《から》み付かれたままで仰向《あおむ》けに転がった。

「リチャード、どこに……」

長く響《ひび》く銃声が轟《とどろ》いて、生贄を押さえていた兵士が一人倒《たお》れた。反射的に顔を向けると、住民の一人、顔面を引きつらせた中年の男が、狩猟《しゆりよう》用のライフルを構えていた。銃口からの煙《けむり》が細く消えていく。ことの重大さに気付いたのか、男の肩ががくりと下がる。悲鳴をあげていた女の一人が、つまずきながら夫の元に駆《か》け戻った。

「……そいつが……女房《にようぼう》を……」

近くにいた老人が慌《あわ》てて二人を地面に押し付ける。テント内にいた見張り達が、一斉《いっせい》に男に銃口を向けたのだ。

「伏《ふ》せてろ！」

背後からの鋭《するど》い声に振《ふ》り向くと、黒い将校服が灰色の制服を蹴《け》り落とし、倒れる瞬間に相手の腰から銃を引き抜くところだった。

流れるように最短距離《きより》の弧《こ》を描き、ホルスターから離《はな》れると同時に安全装置を外し、灰色の制服の腹で一弾《だん》発射した。続けてこちらに銃を向けようと身体《からだ》を捻《ひね》る兵士、まだ住人を見たままの兵の腿《もも》、女の腕を摑んでいる若い兵士の腕を撃《う》つ。

銃声の間隔《かんかく》が短すぎて、リボルバーの回転する音も聞こえない。

弾《たま》を使い切ると倒れた者から銃を取り、立て続けにあと三発撃った。最後の一弾で軍刀を握《にぎ》り締《し》めたままのケルナーの右肩《みぎかた》を撃ち抜く。

デューターの左腕は不自然に垂れたままだったが、右腕だけでテント中のドイツ軍を黙《だま》らせてみせた。

「全員動くな！」

痛みのせいか歯を食いしばり、地面に転がった指揮官を他人の銃で狙《ねら》いながら言う。

「命が惜《お》しければ武器を捨てろ！　外の連中を入れるな。次は脇腹《わきばら》では済まないぞ」

エイプリルがやっと縄から逃《のが》れた時には、撃たれた者は患部《かんぶ》を押さえてうずくまり、他の者は武器を投げ出して地面に伏していた。

「リチャード、腕をどう……」

「民間人は外へ出ろ！　グレイブス、どこか怪我《けが》はあるか」

「いいえ。ちゃんと走れるわ」

「よし、車を用意しろ。いいか、買い取るなんて面倒《めんどう》なことしてるなよ。二分だ、二分で戻ってきてくれ」

「判《わか》った」

エイプリルは防水布を捲《まく》り上げ、自分達が入ってきた場所から抜け出した。ジープやトラックの近くには兵がいる。その目を誤魔化《ごまか》す時間が惜しい。と、すぐ前に見慣れたピックアップトラックが急停車した。運転席から雑貨屋の女店主が顔をのぞかせる。

「持ってきたよ。あんたたちの車だろ」

「ありがとう。でもどうして」

「礼を言うのはこっちさ。息子《むすこ》を助けてくれたね？」

なるほど、愛国者くんの母親か。

テントに戻るとデューターは、力の入らない左手と歯を使い、資材の中から引っ張り出した棒状の物を縛《しば》り合わせていた。右手の銃は少佐《しょうさ》に突《つ》きつけたままだ。

「ダイナマイト⁉ そんなものどこで……」

「箱を車に積むんだ。誰《だれ》か人手がいるか？」

「アタシが手伝わされてるよ。無理やり脅《おど》されてね！」

雑貨屋の女店主は、そういうことにしといてよと片目を瞑《つぶ》った。それなら後で責められずにすむ。エイプリルは彼女と一緒《いっしょ》に箱を持ち、ピックアップトラックの荷台に載《の》せた。気休めに干し草を掛《か》けてみる。禍々《まがまが》しさは隠《かく》しきれなかった。

「リチャード、終わった」

顔を向けずに頷《うなず》くと、デューターは束ねたダイナマイトを掲《かか》げた。銃よりも更《さら》に危険な獲物《えもの》だ。

「たっぷり九十数えるまで動くなよ。それより前に動く気配があったら。火のついたこいつを投げ込むからな」

カウントと同時に車に向かって走りだす。

「グレイブス、ケースを」

「判ってる」

エイプリルは革の楽器ケースを抱《かか》え、デューターのためにテントの布を捲ってやった。彼を制して運転席に回り込み、急発進で市街地を走り抜ける。際《きわ》どすぎるハンドル捌《さば》きとアクセルワークに、助手席から抗議《こうぎ》の声があがる。

「揺《ゆ》らすな！　頼《たの》むから揺らして箱を落とさないでくれ」

「落としゃしないわよ、馬鹿《ばか》にしないで。車なんて十六からずっと運転してるんだから」

「……まだ二年じゃないか」

「それより腕、腕をどうしたの⁉　額に脂汗《あぶらあせ》浮いてるじゃないの」

「関節を、外した」

「関節を……ああダメ、想像しただけで気が遠くなっちゃう」

それであのきつい縄から抜け出せたのか。

「外すよりも、入れるときのほうが……くそっ、もう来やがった」

トラックのドアに肩《かた》をぶつけていたデューターが、バックミラーに気付いて舌打ちした。最初の銃弾《じゅうだん》が車体を掠《かす》め、二人とも慌てて頭を低くする。

「嘘《うそ》っ、ドイツの九十秒ってちょっと短いんじゃない⁉」

「馬鹿だから、十までしか数えられないのかもしれんな」

冗談《じょうだん》を言っている場合ではない。追っ手はジープ二台と黒のメルセデスだ。死神少佐とケルナーも乗っているに違いない。人数に物を言わせて発砲《はっぽう》してくる。運のいい一発が二人の真ん中を通過した。前後のガラスがまとめて割れる。

「畜生《ちくしょう》っ！　グレイブス、銃に弾は？」

「まだある」

重い鉄を受け取ると、デューターは後方に数発撃った。黒ベンツから身を乗りだしていた士官が転がり落ち、一台のジープがパンクして店に突っ込んだ。残る二台は少し距離をおいて追ってくる。射程距離を開けるつもりだ。

「あっちからはライフルで狙い撃ちか」

「援軍《えんぐん》は来ないの!?　援軍は」

「そんな結構なものがいるなら、とっくに呼んでいるに決まっているだろう」

エイプリルは左にハンドルを切り、スピードを緩めずに城門を抜けた。この先は葡萄《ぶどう》畑の中の一本道だ。どこにも逃《に》げる場所はない。

「だっておかしいじゃない、あたしたちと違ってあなたは軍の指示で動いてるんでしょ？　シュルツ大佐《たいさ》って人の命令で働いてるんだから、ピンチ、応援頼《たの》むって連絡《れんらく》すれば、大佐だって援軍を送ってくれるでしょ。あーそもそも」

銃弾が空間を切り裂《さ》いていった。二人同時に首を竦《すく》める。今のはかなり、危険だった。

「そもそもよ、なんで同じドイツ軍同士で争ってるの？　そういえばあなたって最初からそうだったわよね。博物館でも逃げてたし。さっきだってそう。さっきなんか何人も怪我させちゃったし、今も撃ち合っちゃってるのよ？　どうなってるの、裏切ってるの？　シュルツ大佐って人は、部下を裏切らせて平気な上官なの？」

「そうじゃない」

「じゃあアレなの？　一つ一つがもう命懸《いのちが》けの任務で、同士討《う》ち覚悟《かくご》で挑《いど》むから生命《いのち》を落とすこともやむを得ないと……そんなのいやよ！」

「そうじゃない」

デューターは苦しげに呻《うめ》き、外れたままの左肩《ひだりかた》を押さえた。抱えきれない重大な秘密を、痛みで誤魔化しているようだったが、ついにそれを我慢《がまん》しきれず、銃声に負けない大声で吐《は》き捨てる。

「大佐は存在しないんだ！　シュルツ大佐なる人物は最初からこの世に存在しない。俺達みたいに軍の中で密《ひそ》かに活動する一部の人間が、作り上げた虚像《きょぞう》なのさ」

たっぷり五秒間待ってから、エイプリルは驚《おどろ》いた。

「……ええ!?」

「この国の人間全員が、現在の状況《じょうきょう》に疑問を持たないわけじゃない。あの独裁者を崇拝《すうはい》し、盲従《もうじゅう》しているわけじゃない。中には我がドイツの行く末を憂《うれ》えて、軌道《きどう》を修正しようと考える者もいる。党に知れれば反逆罪として処刑《しょけい》されるが、覚悟を決めて理想のために闘《たたか》う者もいるんだ。どんな危険を冒《おか》してでも、暴走する列車は止めなければならない。生命を落とすこともあるだろうし、家族が危険に晒《さら》される可能性もある。それでも、それでもだ」

リヒャルト・デューターは天を仰《あお》いだ。

「誰かがこの国を止めなくてはならない。全員がナチになってしまってはならないんだ」

こちらが発砲できないのに気付いたのか、追っ手が距離《きょり》を詰《つ》めてきた。エイプリルは思い切ってアクセルを踏《ふ》むが、軍用車と中古のピックアップでは馬力が違《ちが》う。追いつかれるのも時間の問題だ。たとえ車自体が追いつかれなくても、いつまでも銃弾を避《よ》け続けることは不可能だろう。運が悪ければガソリンタンクに命中し、爆発《ばくはつ》して積荷ごと炎《ほのお》の中だ。

不意に祖母の最期《さいご》が蘇《よみがえ》り、エイプリルは薄《うす》く微笑《ほほえ》んだ。

ねえおばあさま、あたしもあなたと同じ運命を辿《たど》るのかもしれない。それでも気持ちは妙《みょう》に穏《おだ》やかだ。恐怖感《きょうふかん》が次第に薄くなってゆく。

「ねえ教えて」

肩を押さえ、ぐったりと背凭《せもた》れに寄り掛かっていたデューターが、エイプリルの問いかけに顔を上げる。

「何を」

「もっと教えてよ。それであなたたちはどうしたの？　みんなはどうやって活動してるの？」

「俺達は、様々な集団の様々な場所に潜入《せんにゅう》する。文人達のサロンや経済界、教育界など、もちろん軍部のあらゆる方面にも同士がいる。普段《ふだん》は皆《みな》と同じ仮面を被《かぶ》って生活しているが、いざ目の前に自分にしかできないことが起こったら、その時は迷わず行動する。軍に『鏡の水底』を悪用させないために、うってつけの人材が俺だった。シュルツ大佐は俺みたいな人間が動き易《やす》いようにと、上層部に潜《ひそ》む同士達が作り上げた書類上の人物だ。大佐の任務といえば大方の兵士は騙《だま》せるが、連絡をとろうにも本人はいない。存在しないいんだ」

「架空《かくう》の人物ってこと？」

「そうだ。だからいくら待っても援軍は現れない。たとえ同士が俺の危機に気付いても、誰も助けることはできない。誰か一人の失敗のために、他《ほか》の者まで危険に晒すわけにはいかないんだ。気の毒だが見殺しにするしかない。これまでもずっとそうしてきた」

「驚いた」

今さら何をと言いたげな眼《め》で、デューターは運転手の横顔を見た。彼女はいっぱいに踏み込んだアクセルを、瞬間《しゅんかん》的に緩《ゆる》めて再び踏んでいる。

「じゃああなたの心はナチじゃないのね。片手を挙げる挨拶《あいさつ》もしないのね？」

「そういうことになるな……だからこそ、死ぬときも生きるときも一人だ」

エイプリルは少しの間だけ脇見《わきみ》運転を試み、落ち込んでいるリチャードを覗《のぞ》き込んだ。

「あたしがいるじゃない」

デューターは拳《こぶし》で脂汗《あぶらあせ》を拭《ぬぐ》うと、珍《めずら》しく曇《くも》りのない笑顔《えがお》になった。この際もう、外れた関節などどうでもよくなって、笑いの衝動《しょうどう》を抑《おさ》えるのに必死になった。

「一人も同然さ……おおっと！」

いきなり追突《ついとつ》の衝撃《しょうげき》がきた。黒ベンツが後ろからぶつけてきたのだ。

「蜂《はち》の巣にするぞ作戦は中止になったみたいね。次は車ごと潰《つぶ》すぞ作戦かしら」

せっかくの笑みを引っ込めて、デューターが硬《かた》い声で呟《つぶや》くよう言った。

「グレイブス、ゆっくりスピードを落とせ」

「なーに？　アクセル全開で逃げ切るんじゃなかったの？」

「いいからスピードを落とすんだ。頃合《ころあ》いを見計らって車から飛び降りろ、それくらいのことはできるだろう。後の始末は俺がつける」

懐《ふところ》から出された物があまりに物騒《ぶっそう》だったので、エイプリルは慌《あわ》ててまたスピードを上げる。

「ちょっとちょっとそれ、どういうこと、どういうことよ。一人じゃ運転もできないくせに。始末をつけるって、まさかダイナマイトで自爆《じばく》なんて考えてないでしょうね⁉」

「そこまで絶望的なことは考えていないが、せっかく取り戻《もど》した箱をむざむざと渡《わた》すのは絶対に……」

「忘れたの？　リチャード、箱はあたしのものよ」

祖母の口調は優雅《ゆうが》だが凛々《りり》しかった。加えて相手に四の五の言わせない威厳《いげん》が備わっていた。

今、祖母の話し方が遺伝していますようにと、エイプリルは祈《いの》りながら断言する。

「一人で勝手に爆破《ばくは》するなんて、許しません」

「そうは言うがなっ……」

遠くから、空気を切り裂くような音が聞こえてきて、彼等は同時に言葉を切った。

大きさの違う三つのプロペラが、それぞれ不揃《ふぞろ》いなリズムを生みだしている。その音に背後から追われる気がして、自然とピックアップトラックの速度は上がった。

「グレイブス、後ろだ後ろ！　あ、いややっぱり振《ふ》り向くな！　前言撤回《てっかい》だ、全力でアクセルを踏め！　あの飛行機に踏み潰されるぞ」

「踏み……まさか、ＤＴ!?」

味方は空からやってきた。

「援軍よリチャード！　あたしの援軍だわ！」

轟音《ごうおん》と共に超《ちょう》低空飛行で降りてきた銀の機体は、一本道に沿って滑走《かっそう》準備に入った。上空から黒ベンツとジープに荷を投げつけている。それがことごとく屋根に命中し、どすんばこんと凄《すさ》まじい音を立てては、見る見るうちに車を潰してゆく。

「エーイプリール、ランディングするからそこ退《ど》けよー」

聞こえるはずもないパイロットの声が、しっかりと耳に届いた気がする。

「おい、一体なんで畑にッ」

同乗者の不満を聞き流し、彼女は大胆《だいたん》にハンドルを切って、葡萄畑に突《つ》っ込んだ。銀色の輪送機は車を追い越して、長い滑走を経てようやく止まる。潰されたベンツと軍用ジープから、爆発を恐《おそ》れて兵士達が散《こ》っていった。

それを後目《しりめ》にピックアップトラックは道路に戻り、ずっと先に停止した機体まで突っ走《ぱし》った。

無性《むしょう》に相棒に会いたかった。

輸送機のタラップに片足をかけたままで、DTがヒラヒラと手を振っている。

「よう、エイプリル！　うまいことやってっか？」

「DT！」

涙《なみだ》がでた。

たった二日間会わなかっただけなのに、脳天気な笑顔と陽気な物言いがたまらなく懐《なつ》かしい。

「なによもう、DT！　遅《おそ》いわよーっ！　列車一本乗り遅《おく》れただけなのに」

「やー、悪ィ悪ィ。契約交渉《けいやくこうしょう》に時間食っちゃってさ。でもちゃんと立派な輸送機で来たぜー？」

アジア人は銀の機体を二回叩《たた》き、大きく開いたハッチに掌《てのひら》を向けた。

「お荷物ならDT空輸にお任せくださーい。箱一つから、どぉこまぁででぇも」

「大袈裟《おおげさ》ね。たかだか古い木箱一個に、こんな重量輸送機いらないわよ」

レジャンが機体を降りて駆《か》け寄ってくる。

「急いでくれ、エイプリル！　あれ、そっちの彼は大丈夫《だいじょうぶ》かい？」

だらりと垂れた左腕《ひだりうで》を押さえながら、デューターは呆然《ぼうぜん》と呟いた。

「……今年のワインは、不作……としか発表できないだろうな……」

輸送機の両翼《りようよく》は葡萄《ぶどう》畑を突っ切っていた。実ってもいないシュペートブルグンダを刈《か》り取るようにして。

7　リンダウ

島に入る道は二通りしかない。

水路に架《か》かる橋の一方は列車の鉄橋なので、輸送機を降りた彼等がとるルートは、事実上一つしかなかった。

「そこで待ち伏《ぶ》せられていたら、かなり厄介《やっかい》なことになるね」

レジャンの言葉はいい方向に外れた。夕暮れを迎《むか》え穏やかな時を送る街には、検問所は設けられていなかったのだ。

徒歩でも一時間程で一周できる小さな島は、湖の真珠《しんじゅ》と呼ばれている。リンダウはボーデン湖の南東に浮《う》かぶ三つの島を、一つに繋《つな》げて作られた街だ。湖の対岸にはスイス、オーストリアが並び、以前は船で容易に行き来ができた。

無粋《ぶすい》な軍服姿の連中さえも、この島ではどこか朗《ほが》らかだ。ベルリンの殺伐《さつばつ》とした雰囲気《ふんいき》とは異なり、湖畔《こはん》の街の長閑《のどか》な空気を感じる。

「静かで落ち着いているわね。他の都市の喧噪《けんそう》が嘘《うそ》みたい」

トラックの荷台で干し草の山を見守りながら、エイプリルがつい本音を漏《も》らした。

「財産を没収《ぼっしゅう》されるとはいえ、今はまだ、ユダヤ系住民が陸路、空路で出国できるからな。それが断たれて、自由に動けなくなれば、この湖が脱出《だっしゅつ》ルートとして使われるようになるだろう。そうなったら厳しい監視《かんし》が立つ。美しい島のままではいられない」

「いずれそんな酷《ひど》いことになるの？」

デューターは瞳《ひとみ》に散った銀の光を翳《かげ》らせて、半ば自嘲《じちょう》気味に答えた。

「このまま、誰《だれ》にも止められなければ、恐らくな」

「それにしても不思議だ」

助手席から降りてきたフランス人医師が、エイプリルに手を貸しながら首を捻《ひね》る。

「追っ手は何故《なぜ》、間違《まちが》った予想を立てたんだろう。箱を持った集団の行き先くらい、容易に思いつくだろうに」

「簡単な話さ」

箱の表面から干し草を払《はら》い除《の》ける。将校服姿のデューターは、袖《そで》に付いた藁屑《わらくず》を軽く叩いた。

「あのまま輸送機でフランスに抜《ぬ》けると思ったんだろう。それが一番楽だからな。連中は箱を利用することしか考えちゃいない。せっかく手に入れた物を湖に沈《しず》めるなんて、とてもじゃないが想像できないんだ。ま、その欲の皮の突っ張《ぱ》った価値観のお陰《かげ》で、俺達は時間が稼《かせ》げたわけだがな」

「本当に沈めるのよね。沈めて、いいのよね？」

不安げな彼女に、レジャンは頷いた。

「そうするために来たんだよ、エイプリル」

エイプリルは露《あら》わになった箱の蓋《ふた》を撫《な》で、文字と記号の描《えが》かれた装飾《そうしょく》部分に指を走らせた。

だがこの文章を解読しないままで、永遠に封印《ふういん》してしまっていいものだろうか。

彼女達は「鏡の水底」をボーデン湖に沈める。そう結論をだしてリンダウに来たのだ。

悪意を持った者の手に、二度と箱を渡してはならない。最悪の事態を防ぐためには、誰にも届かぬ湖底深くに沈めてしまうのが最良の方法だろう。

レジャンとデューターの意見は概《おおむ》ね一致《いっち》した。

食い違った点は破壊《はかい》するかしないかだ。

原形を留《とど》めないくらいに壊《こわ》してしまったほうがいいのではないかと、デューターは軍人らしい意見を持っていた。だがレジャンによると破壊もまた危険であるらしい。もしもその衝撃で箱の中の門が開いて、封印された力が発動したら……。

「本来の『鍵《かぎ》』である『清らかなる水』を持つ者が、まだこの世界には生まれていない。つまり誰にもコントロールできないんだ。そんなことになったらあらゆる場所が水に呑《の》まれるのを、指をくわえて見守るしかないんだよ」

その説得でデューターが折れ、結局そのまま沈めることになった。

夕刻を迎えたリンダウの港は静かで、湖面にはオレンジ色の緩《ゆる》い波が立つだけだ。旧市街を抜け、旧港に着いた辺りで、レジャンが再び口を開いた。

「一度うまく撒《ま》いたからって、ずっと見つからずにいられるわけじゃない。もしかしたらもう、追っ手がそこまで来てるかもしれない」

「判《わか》ってる。できるだけ急ごうっていうんでしょ。どこかでモーターボートを手配して……ありチャードに任せちゃ駄目《だめ》。この人、悪徳捜査《そうさ》官《かん》みたいな真似《まね》するから」

「何度も言うようだが、リチャードじゃない」

口論にも聞こえる二人の軽口を遮《さえぎ》って、フランス人医師は眼鏡《めがね》を押し上げた。

「それだけじゃないよ。僕は二手に分かれようかと考えていたんだ」

「二手に？　でも箱は一つしかないのよ」

ああ、とデューターが背中を向け、手近にあった鉤十字の垂れ幕を二枚引き下ろした。人のいない市場から木箱を拝借して、くるむように赤地の布を掛《か》ける。同様に本物の箱も布でくるむと、まるで二つの棺桶《かんおけ》を並べたみたいになった。

「本物と偽物《にせもの》のできあがりだ。近くで見れば一目瞭然《りようぜん》だが、遠くからならそうそう区別もつくまい。まあ、用心に越したことはないからな。だが、どちらが本物の箱を載《の》せる？　どっちが危険か一概《いちがい》には言えないが……」

「どっちも危険だ。僕が本物を……」

「あたしが本物を運ぶわ」

飛行機から降ろされて不機嫌《ふきげん》なDTが、ちらりとエイプリルを窺《うかが》った。

「だってあたしが箱の所有者なのよ。おばあさまはあたしにそれを葬《ほうむ》るように言った。後継者《こうけいしゃ》にあたしを選んだんだもの」

「じゃ、オレがエイプリルと……」

「いや」

即座《そくざ》にレジャンに断られて、お嬢様《じょうさま》の相棒は両眉を下げる。

「なんでだよー、エイプリルのパートナーはオレじゃん。ヘイゼルに宜《よろ》しく頼《たの》まれてるって話したたろー?」

「うん、でも今回ばかりはリチャードが組んだほうがいいと思う。DT、きみだって言っていただろう、ヘイゼルが孫娘《まごむすめ》をきみに任せたのは、エイプリルに足りない点があるからじゃないんだって。彼女にとって今必要なのは、脱出経路を確保してくれるヒコーキ野郎《やろう》ではなく、本物の鍵の持ち主だと僕は思う」

「何⁉ リチャードは本物の鍵の持ち主なのか?」

「あ、でも待ってDT、リチャードの鍵はこの箱の物じゃないのよ。リチャードんちに代々伝わってる左腕なんだけどね」

「……お前等……わざと間違えてるだろ……」

結局、エイプリルとデューターが本物を積んだ船、DTとレジャンがただの木箱を積んだ船に乗り込むことになった。乱暴でもなく成金風にでもなく拝借したモーターボートに、それぞれ鉤十字の布で包んだ荷を載せる。

子供の葬儀《そうぎ》にでも行くような、鬱々《うつうつ》とした気分になった。

旧港から舫《もや》い綱《づな》を外しながら、レジャンは何食わぬ顔でデューターに尋《たず》ねる。

「僕はきみとどこかで会ってたかな？」

「……なんだ、新手の勧誘《かんゆう》か？」

「違う。真剣《しんけん》に訊《き》いてるんだよ。その眼《め》、銀の光を散らした瞳に覚えがあるんだ。きみと会っていないなら親の世代かな。先の戦争ではどこの戦線にいた？」

「親父《おやじ》は軍人ではなかったよ」

レジャンはわざとらしく首を傾《かし》げ、人並みに悩《なや》んでいる素振《そぶ》りを見せた。それからもう一度デューターの瞳を覗《のぞ》き込み、今度はズバリと核心《かくしん》をついた。

「それともきみは、遠い遠い場所から来た男の子孫《しそん》かい？」

「それがずぶ濡《ぬ》れで天から降ってきた男のことなら、子孫と呼ばれても仕方のない家系図だ」

「そうか……つまりリチャード、きみがベラールの……」

「あまり愉快《ゆかい》な話でもないんで、なるべく話さないようにしてるんだがね」

人に見咎《みとが》められないよう、旧港から静かに船を出す頃《ころ》には、空も街もすっかり朱色《しゅいろ》に染まっていた。遥《はる》かに見えるアルプスが赤く染まり、湖面に映って夕陽《ゆうひ》色に揺《ゆ》れている。

エイプリルは感嘆《かんたん》の溜《た》め息《いき》をついた。この土地を愛し、国のために生命《いのち》を懸《か》けて闘《たたか》う人々の気持ちが、ほんの少しだが判るような気になった。オールを動かしていたデューターが、どこか淋《さび》しげな口調で呟《つぶや》く。

「ここもいずれ、戦場になるんだろうな」

「こんなに綺麗《きれい》なのに……」

「俺達はそうさせないために必死だが、とても闘いきれる数じゃない」

彼は親衛隊将校の制服を着ながらも、心も身体《からだ》もナチではない。少数派の闘いは報われる場合が少なく、早くも敗色濃厚《のうこう》だった。

「結局はヒトラーの帝国《ていこく》が完成し、独裁国家として世界中から忌《い》み嫌《きら》われていくんだろうさ」

「そんな諦《あきら》めたような言い方しないでよ」

エイプリルはオールを奪《うば》い取り、力強い一漕《こ》ぎで一気に距離《きょり》を稼いだ。

「あたしが漕ぐ。あなたさっき肩《かた》の関節戻《もど》したばかりだものね」

彼女の滑《なめ》らかな手足の動きを、デューターはただ黙《だま》って見詰《みつ》めていた。ボートが防波堤《ぼうはてい》に差し掛かるまで、エイプリルをぼんやりと眺《なが》めていた。

「もうエンジンかけても聞かれないかしら」

「……あ、ああ」

彼女はオールをボートに引き上げ、発動機の紐《ひも》を一度引っ張ってみた。咳《せき》みたいな音がしたきり動かない。上げた視線がふと止まった。

「……こんなところにもライオンが」

視線の先に顔を向けると、東の突端《とったん》には石造りの獅子《しし》が、五、六メートルもある台座の上から見下ろしていた。

「バイエルンの獅子像だ」

エイプリルは肩の荷が下りたような、言葉にしがたい安堵《あんど》を感じた。ではきっと、此処《ここ》でよかったのだ。この湖に沈めるのは間違《まちが》いではないのだろう。

「此処なら寂《さび》しくないかもしれない」

「なんだ寂しいって。箱に感情なんかあるものか」

軍人のこういうところがつまらないというのだ。

「箱の金属部分に刻まれていた絵ね、イシュタール門のライオンに似てるそうよ。だから獅子が二頭になれば、淋しくないんじゃないかと思ったのよ。でもよく考えてみればあたしはあの日、そのライオンを見に行ってたんだっけ」

「それは隣《となり》の新館の方だったろう」

「そうなの。でもその時、きちんと獅子を見に行けていたら、リチャードには会っていなかったの」

「リチャードじゃ……」

デューターはエイプリルに見えないように下を向き、特に不愉快ではない苦笑いを堪《こら》えた。

慎重《しんちょう》に船上での位置を変え、発動機の紐を受け取る。

「俺がやる。このままじゃ何時間かかっても手漕ぎボートのままだ。あっちはもうモーター響《ひび》かせて驀進《ばくしん》中なのに」

手慣れたものだ。エンジンは一発でかかったが、その元気のいいモーター音に紛《まぎ》れて、夕暮れの空からプロペラ音が聞こえる。

「まずい、連中、空から攻《せ》めるつもりだ」

デューターの言葉が終わらないうちに、双発機《そうはつき》が二機、姿を現した。空はもう紫色《むらさきいろ》になりかけていて、影《かげ》だけでは機種までは判らない。ただし、標的が自分達であることだけははっきりした。薄《うす》ぼんやりと見えるDTとレジャンの船に向けて、信管を抜《ぬ》いた爆弾《ばくだん》を投下したからだ。

「DT！ レジャン⁉」

仲間の元で上がる派手な水飛沫《しぶき》に、エイプリルは動揺《どうよう》した。

「ほんとに？ 本当に空軍まで担ぎ出したの？ 相手は箱なのよ、何の変哲《へんてつ》もない木箱なのよ。どんな凄《すご》い威力《いりょく》があるのかも判明していないのに、どうして空軍までが関《かか》わってくるの⁉」

「落ち着けグレイブス！ 信管が抜いてある。爆発して木《こ》っ端微塵《ぱみじん》なんてことにはならんさ。連中だって箱が欲しいんだ。こっちが岸にたどり着く前に、転覆《てんぷく》させて横からかっ攫《さら》おうって魂胆《こんたん》だ……待てよ、ということはあいつら未だに、俺達がスイスに抜けると思い込んでいるのか？　おい照明を消せ、いい標的になってる」

　引き返してきたもう一機が、エイプリルたちのボートも見つけた。案の定、どちらが攻撃《こうげき》対象か迷ったようだが、分担制に満足したのかこちらに集中してくる。いくら爆発しないとはいえ、直撃《ちょくげき》を受けたらボートは粉砕《ふんさい》されてしまう。今のところまだ狙《ねら》いは過《あやま》たず、運良く周囲に投下されている。この隙《すき》にボートを湖の中程まで進め、早く箱を沈《しず》めないと。

「もっと真ん中まで行けるかしら」

「行けるか、じゃなくて行くんだ。中途半端《ちゅうとはんぱ》に防波堤近くになど落としてみろ、ダイバー百人一斉捜索《いっせいそうさく》ですぐ引き上げられてしまう」

　先程まで影のあった方向に目を凝《こ》らす。夕闇《ゆうやみ》のせいかもう一艘《そう》のボートが見えない。

「どうしよう、見えない！　DTとレジャンは大丈夫《だいじょうぶ》かしら!?」

「他人の心配をしている場合か!?　来るぞグレイブス！」

　降ってくる鉄の塊《かたまり》が船縁《ふなべり》に当たり、船体が大きく傾《かたむ》いた。固定されていた箱は持ちこたえたが、エイプリルもデューターも振《ふ》り落とされる。降りかかった波が内部に入ったのか、ぷすんと唸《うな》ってモーターが止まった。

　闇《やみ》が濃《こ》くなり始めていて、互《たが》いの存在は声でしか確認《かくにん》できない。

「無事か!?」

「平気。鼻に水入ったけど」

「ち、呑気《のんき》なこと言ってるぜ。摑《つか》まれ、船に押し上げてやる」

「いい」

「意地を張ってる場合じゃないだろうが！」

「意地じゃない。あたしがボートに戻るより、箱の始末をつけるのが先よ。そうでしょう？　見て、もう一機来た。今度のは威力倍増の照明付きよ。あんなんで照らされたらあたしたちどうなると思う？」

湖面を広範囲《こうはんい》に照らす強力なライト付きだ。三機目はまだDTとレジャンのいた辺りを往復している。友軍の明るさに惹《ひ》かれたのか、彼等を攻撃していた一機もそちらに向かった。視界のはっきりした区域から調べようと考えたのだろう。

「箱を切り離《はな》した位置や、沈んでいくところまで見られちゃうわ。そうなったらすぐに捜索されて引き上げられてしまう。それは駄目《だめ》よ、それは避《さ》けなくちゃいけない。あのライトがこちらに来るまでに、早く仕事を済ませなくては」

デューターは数秒間押し黙っていたが、やがて船縁に足をかけた。濡れた身体をボートに引きずり上げ、落ちた軍帽《ぐんぼう》を遠くに投げ捨てる。エイプリルに救命胴衣《どうい》を投げ、自分は重くなった上着を脱《ぬ》ぎ捨てた。

救命具を摑んだエイプリルは、波で霞《かす》む両目を拳《こぶし》で擦《こす》った。デューターの姿がよく見えない。

「いいかグレイブス、今から俺が箱のロープを切る。それを船から蹴《け》り落とすから、巻き込まれないように注意しろ」

「判《わか》った」

「それからこのボートを全力で走らせて、あの明るい辺りで爆破《ばくは》する。そんなに見たいなら見せてやるさ。箱をくるんだハーケンクロイツの燃える様をな」

「爆破って、どうやって……中尉《ちゅうい》、ダイナマイトを捨てなかったの⁉」

「こんな危険な物、そう簡単に捨てられるか。いいかグレイブス、箱のロープを切るぞ」

繊維《せんい》の千切れる音が続いた後に、大きくて軽い物が水中に落とされる気配があった。最初のうちは揺れて浮《う》いていたが、やがてレジャンの言葉どおりに沈み始める。隙間《すきま》から浸水《しんすい》したのだろうか。

「リチャード、沈んでくわ」

「よし。あとは爆破したと見せかけるだけだ。運が良ければ自棄《やけ》になった俺達が、箱と心中したと思い込んでくれる」

ビニールの擦《こす》れる音がして、デューターがダイナマイトを取り出すのが判った。マッチの火が一瞬《いっしゅん》彼の顔を照らし、瞳《ひとみ》の中の銀の光が星みたいにまたたく。長めの導火線に火をつけてから、エンジンを始動させようと何度も紐を引く。

限界まで水を浴びてしまったのか、まったくかからない。

船縁に摑まったままのエイプリルに、デューターが四角いケースを押し付けた。

「先に用事を済ませよう。グレイブス、これを頼《たの》みたい」

「……左腕《ひだりうで》ね？」

「そうだ。どこか……悪意のある者の手の届かない場所に、誰《だれ》か相応《ふさわ》しい人物が取りにくるまで保管して欲しい」

「相応しい人物って誰？」

「さあ。それは聞いてない。俺かもしれないし、そうじゃないのかも」

それからエイプリルの手に触《ふ》れて、不意に昔のことを口にした。

「足はどうだ？　もう痛まないか？」

「何そんな昔のこと言ってんの。そんなのとっくに治ってるわよ」

「……一昨日のことだ、エイプリル」

「リチャード、ねえ早くエンジンかけないと。導火線が終わっちゃうからっ」

そうだな、と低い声で答えて、デューターはもう一度紐《ひも》を引いた。不安定な回転音だが、ボートはゆっくりと前進し始める。

「スイス側まで泳げるか？　岸まで抱《だ》いていってやれなくてすまんな」

「何言ってんの？　早く飛び込みなさいよ！　爆発しちゃったらどうするの!?」

「いや、まだ飛び込むわけにはいかない。この不安定なモーターじゃ、いつ止まるか判ったもんじゃないし。それに波がかかって火が消えたら、せっかくの作戦が台無しだろう」

「リチャード！　あたしはそんな危険な作戦は立てない主義だもの」

「俺達はずっと、こうやってきたんだよ、グレイブス。恐《おそ》らくこの先も、こうやって闘《たたか》っていくんだ」

「リチャード、中尉！　もう任務は終わりでしょ⁉　ドイツがどんどん悪くなってくなら、アメリカに来ればいいじゃない、合衆国に来なさいよ、ねえリチャード、あたしと一緒《いっしょ》にボストンに来てよ」

　ボートの速度に付いていけなくなる。

　デューターは階級章を投げ捨て、上着もネクタイも湖に捨てた。それから自分自身に言い聞かせるように、声高に、夜に向かって答えをだした。

「俺にはまだこの国で、できることがある」

　エイプリルは右手を差し出した。彼の左手が、握《にぎ》り返してくれることを信じて。

　けれど調子を取り戻《もど》したモーターは、唸りを上げてスピードを増した。

「リチャード！」

　身体《からだ》に染《し》みついた癖《くせ》で五つ数えた頃《ころ》に、敵機のライトの真下で大きな火花が上がった。

　それからしばらく余波に耐《た》えながら待ってみたが、エイプリルの冷え切った右手は握り返されることはなかった。

エイプリル・グレイブスは岸に向かって泳ぎだした。

最初のうちは進まないくらい遅《おそ》かったが、慣れるにつれてペースは上がり、対岸まで泳ぎ切る自信も湧《わ》いてきた。

途中《とちゅう》、疲労《ひろう》のせいで何度か沈みかけたが、正確に装着された救命胴衣と彼女自身の強い意志、加えて革ケース自体に浮力《ふりょく》があったお陰《かげ》で、溺《おぼ》れるところまではいかなかった。

岸近くでようやく相棒に抱き締《し》められるまで、彼女は独りで泳ぎ続けた。

ただし、寒さと低体温で、迂闊《うかつ》にも何度か眠《ねむ》りかけることがあった。そのときには必ず同じ夢を見て、夢の途中で意識を取り戻す。

誰かの左腕に縋《すが》って、青い水の底を漂《ただよ》う夢だ。

その左腕は温かかった。

冷たく白いものとは違《ちが》う。

8　一九八〇年代・春、ボストン

「その人達の活躍《かつやく》のお陰で、アメリカが戦争に勝てたのでーす」

　無理やり終戦理由にまでこじつけて、クリスタルは展示物の説明を終えた。本日最後の団体さん達は、端《はな》から聞く気などありはしない。二十人のうち半分は階段の手摺《てす》りを滑《すべ》り降りて遊んでいるし、残りの大半は出口近くの標本に夢中だ。髪型《かみがた》を気にする女の子達は、扉《とびら》の隙間から外を覗《のぞ》いては雨の強さを嘆《なげ》いていた。小学生の割には発育のいい二人など、人目も気にせず長いキスの真っ最中だ。

　幼女のミイラの目の前で。

　呪《のろ》われてしまえー。クリスタルは不謹慎《ふきんしん》なことを考えた。

　ただ一人、真面目《まじめ》に聞いていたであろう赤毛の少年が、眼鏡《めがね》の中央を人差し指で押しながら訊《き》いてきた。子供向け映画に必ずいる、典型的な秀才《しゆうさい》君タイプだ。

「でもさあ、もしドイツがその『洪水《こうずい》を起こす箱』を使ってたとしても、合衆国の敗戦はありえないよねえ。だってアメリカとドイツの間には海があるんだよ？　水なんかいくらでもあるじゃない」

いでしょ」

「そうね、でもフランスやイギリスのあるヨーロッパ大陸では、大きな被害《ひがい》が出たかもしれな
途端《とたん》に子供はピクルスでも見るような眼《め》をクリスタルに向けた。

「イギリスは島だよ。あんた大学生でしょ、そんなことも知らないの？　なーんだ、嘘《うそ》くさい
嘘くさいと思って聞いてたけど、やっぱりこの話って適当に作ったファンタジーだったんだー」

「ふぁ、ファンタジーって……」

「じゃあやっぱり、これも偽物《にせもの》？」

秀才君は硝子《ガラス》の奥の展示物を指差した。断面から爪《つめ》の先端《せんたん》まで気味の悪いほど白い左腕が、
赤い布の中央に収まっている。ぱっと見ただけでは石膏《せっこう》像の一部にしか見えない。だが表面は
蠟《ろう》のように滑《なめ》らかで、掌《てのひら》には胼胝《たこ》や細かい傷など、美術品に必要のないものまで残っている。

「もしこれが偽物だとしたら……」

子供は答えを聞きもせず、出口近くの仲間の元へ走って行ってしまった。

「あんたたち、雨が弱くなってから帰りなさいよー」

クリスタルは溜《た》め息《いき》と共に名札を外し、管理人室に鍵《かぎ》を取りに向かう。

今日はもう終わりだ。今日も、もう終わりだ。いつもと同じように見学者は小学生の集団ばかり。それも個人的な興味からではなく、居残りに代わる罰《ばつ》として嫌々《いやいや》来た子供達ばかりだ。

事実上無料の小規模な博物館だし、治安のいい場所に建っているから、地元の学校によく利用

される。博物館のボランティアは性《しょう》に合っているが、時々は大人相手のガイドもしたいものだと思う。

クリスタルはどちらかというと地味めな館内を見回して、次こそは派手で大きい金ピカの物を陳列《ちんれつ》しようと決意した。

館長には悪いけれど、客を引きつける目玉も必要だわ。

「結末は？」

不意に声をかけられて、手にしていた名札を落としそうになる。誰もいないと思っていた館内に、まだ見学者が残っていたのだ。

「結末はどうなったんです、これの話の」

彼は硝子ケースの中を指差した。袖《そで》から雫《しずく》が滴《したた》り落ち、足元に小さな水溜まりを作る。濡《ぬ》れて額にはりついた髪《かみ》を、鬱陶《うっとう》しそうに右手で払《はら》った。薄茶《うすちゃ》の瞳が露《あら》わになる。

「……雨、そんなに酷《ひど》い？　タオルを持ってきましょうか」

興奮で、微《かす》かに声が震《ふる》えた。

「構わない。少し話を聞きたいだけだ」

「この国の人じゃないのね。ボストンへはどうして？　観光？」

「いや。任務というか、仕事というか」

言葉は丁寧《ていねい》で正確だった。どの地方の訛《なま》りもない。歳《とし》はそう変わらないはずなのに、纏《まと》う雰《ふん》囲気がまるで違う。物腰《ものごし》や喋《しゃべ》り方だけではなく、生きてきた過程が異なるのだろう。任務と言いかけたことから推測すると、どこかの国の軍人かもしれない。

「箱を沈《しず》めた後、彼等がどうなったのか知りたい」

「……アンリ・レジャンはそれからしばらくして亡《な》くなったわ。大戦中に、船医として乗り込んだ民間船が味方に誤爆《ごばく》されたんですって。DTとコーリィは今でも健在よ。子供が四人、孫が六人。二人目の女の子は女優になるって言って、十五で家出したきりだけど……長男夫婦は店を継《つ》いでいるし、下の二人もボストンに住んでるわ。去年、曾孫《ひまご》が生まれたの。もう八十を過ぎてるけど、赤ちゃんを抱《だ》いてご機嫌《きげん》よ。常に最新鋭《さいしんえい》の店ですって、チャイナタウンではちょっと有名なの」

相手が少し怪訝《けげん》そうな顔をしたので、クリスタルは慌《あわ》てて付け加えた。

「ウィンドウが最新鋭の防弾《ぼうだん》ガラスなのよ。お店を継いだマイケルは呆《あき》れてるけど、これだけは絶対に譲《ゆず》れないんですって」

「ミス・グレイブスと……デューターという男は？」

不愉快《ふゆかい》に思われませんようにと念じつつ、クリスタルは青年の瞳《ひとみ》を覗き込んだ。展示物の照明が照らし込まれて、虹彩《こうさい》の具合までは確認《かくにん》できない。

「……エイプリル・グレイブスはその後も仕事を続けたわ。あるべきものをあるべき場所へ。大きな博物館で大々的に飾《かざ》られるような宝物や、皆《みな》が崇《あが》める聖杯《せいはい》は扱《あつか》わなかったけどね。十年

前にグレイブス財団がこの博物館を建てたの。所蔵物の殆《ほとん》どはヘイゼル・グレイブスと、その後継者《こうけいしゃ》であるエイプリル・グレイブスの手掛《てが》けた物よ。もっともそれを知っているのは、ほんの一握《ひとにぎ》りの人達だけ。さすがにもう引退はしたけれど、エイプリル・グレイブスもリチャード・デューターもとても元気よ。今は慈善《じぜん》団体の理事をしていて、毎日忙《いそが》しく国中を飛び回ってる……ああもう我慢《がまん》できないっ、あたしのほうから訊いちゃっていいかなあ」

彼は腕《うで》を腰《こし》に当てて立ち、僅《わず》かに首を傾《かし》げて言葉を促《うなが》した。

「ねえ、まさかあなたは椅子《いす》でケースを叩《たた》き割ったりしないわよね？」

「しないよ。そんな乱暴なこと」

「だって、あなたそっくりなんだもの。おじいさまの若い頃《ころ》の写真に」

「そんなに？」

ええ、そう。それに瞳も同じ。薄茶に銀の光を散らした虹彩。

その独特の瞳を眇《すが》めて、彼は偽物の「鍵」を見た。それからもう一度、濡れた前髪《まえがみ》を掻《か》き上げ、聞き取りやすい、教科書みたいな英語で言った。

「ある人に紹介《しょうかい》されて、きみに仕事を頼《たの》みにきた。厳重な警備の保管庫から、レプリカではなく本物の『鍵』を持ちだしてもらいたい」

「でもそれは、おじいさまの家に代々……」

クリスタルは目の前の青年を見詰《みつ》め、喉《のど》の奥でゆっくりと五つ数えた。最後のカウントが終わった頃には、既《すで》に心は決まっていた。

「いいわ。任せて、旅の人。あたしが必ず取り戻《もど》すから」

エイプリル・グレイブスは彼女を後継者に選んだ。クリスタルには判《わか》っている。祖母が自分に託《たく》したのは、数字では表現できないものだ。

あたしには、箱と鍵に対する責任がある。最も相応《ふさわ》しい場所と所有者に、譲り渡《わた》さなくてはならない。

「その代わり、じっくり話を聞かせてちょうだい。誰《だれ》かと夕食の約束はある？　もしよかったら最新鋭の店を紹介するわ。そこでゆっくり話をしましょう。あなたの名前と生《お》い立ちから」

そう、大切なことは何もかも祖母に教わった。

人を信じる方法も。

ムラケンズ的乱入宣言

「ムラタ〜ムラタ〜ムラムラで〜、ムラタ〜ムラタ〜ムラムラよ〜、ムラタ〜ムラタ〜ムラムラで〜、この世はムラタのためにあるー！　こんばにゃーん、ムラケンズの頭のいいほう、ムラケンこと村田健です」

「なに甲子園《こうしえん》みたいな応援《おうえん》してんだよ。お前が頭のいいほうなら、おれはどっちのほうって自己紹介《しょうかい》すればいいんですか」

「ん？　普通《ふつう》に埼玉《さいたま》の方の渋谷有利ですって言えばいいんじゃない？」

「……コンビってそういうもんじゃないだろう」

「ところで渋谷、世界は誰《だれ》のためにあると思う？」

「なんだかまた哲学《てつがく》的なことを言いだしましたよ、この独りボケツッコミ戦隊ダイケンジャー様は」

「今のところ、俺様のためにある派と、あなたのためにある派と、二人のためにある派の三勢力が拮抗《きっこう》してるんだけど。番外で、ブラピのためにある派とか地球のためにある派とかα《アルファー》波とかアルファァルファァとかもあります」

「あ、そういえば最後のやつな、昔おふくろが凝《こ》っちゃってさあ。よく食わされたよ。アルフアルファ。栄養あるんだってなー」

「うん、で、世界は誰のためにあると思う？」

「……そんなのおれに判《わか》るわけないじゃん。でも別に誰のためでもないと思うよ」

「だよねー？　そうだよねえ。だったら別に僕等が他の人主役の世界に乱入しても構やしないよねー？　僕が乱入する！って言ったら、もちろん渋谷も付き合ってくれるよねえ？　だって僕等、二人揃《そろ》ってムラケンズだもんね」

「……タッグってそういうもんじゃないだろう」

「いやもうねー、レジャンさんの話だよ。レジャンさん。僕はもう彼が不憫《ふびん》でならないのね。割と早死にだし、友達もあまりいなさそうだし。秘密も打ち明けられなかったし、眼鏡《めがね》だし」

「お前も眼鏡だろ。それより、レジャンて誰？」

「それに比べて僕はね、なんて恵《めぐ》まれてるんだろうと思うわけよ。長生きの予定だし、友達もいるし、秘密を打ち明ける相手もいるし、かっこいい眼鏡だし」

「眼鏡は眼鏡だろ、ていうか眼鏡は人生の充実度《じゆうじつど》と関係ないだろ？　で、レジャンって誰？」

「関係あるよ！　あんなビン底みたいな眼鏡かけられるかい!?　僕はいやだね。ケント・デリカットじゃないんだから」

「村田、時代時代。時代考えないと。そういう眼鏡が主流の時代もあったから」

「それにさ、数少ない友人の一人の名前もね、DT《デイーテイー》って。DTって何の略だろうって話だよ。

ダウンタウン？　ドストエフスキーとトンカツ？　猫《ねこ》ダい好きトリスキー？」

「猫と鳥どっちが好きなのかはっきりしろよ！　だからDTって誰⁉」

「それにさー、パーティー組まされてるメンバーもあれだよね、結構普通だよね。アメリカのお金持ちとドイツ人将校なんてさ」

「ふ、普通か？」

「その点、僕なんか凄《すご》いよ。魔王《まおう》とわがままプーと女装中毒だもん。んもう、マニア垂涎《すいぜん》の組み合わせ！　プロ野球チップス買わされても滅多《めった》に出ないから！」

「いやあれはプロ野球カードしか出ねえから。でもどっちかっつーとお金持ちと組むほうが得な気もする……それでレジャンとDTって結局誰？」

「なんだよ渋谷、所詮《しょせん》きみもカネスキーなのか。そりゃそうだよな、お父さん銀行屋さんだもんね」

「でもホラ、なんだかんだ言ってRPGじゃお金は大事だろー？　いい装備も揃えられるし、温泉宿で体力回復もできるし。あーでも結局エリクサーとかコテージとか、買い込みすぎて余っちゃうんだけどね。こういうとこおれって無計画というか準備しすぎっていうか……」

「渋谷……ゲームじゃなくてもっと現実の世界を見なよ」

「お前に言われたくないよ……それより、レジャンとDTって誰？　なあ、誰なのー⁉」

あとがき

ごきげんですか、喬林《たかばやし》です。

私は、ごきへんれひゃろほれはらのへればばん……壊《こわ》れてます。

もう、箱があったら入って蓋《ふた》を閉めてしまいたい。でも贅肉《ぜいにく》がありすぎて通常サイズの箱では入れません。おまけに閉所恐怖症《きょうふしょう》なので、怖《こわ》くて蓋が閉められません。箱、あっても無駄《むだ》。

また何で私が箱に入ってしまいたい気持ちでいるかというと、この本の制作に携《たずさ》わってくださった皆様《みなさま》に、毎回毎回、多大なるご迷惑《めいわく》をおかけしているからです。本当に申し訳ない。ほんっとうにもうしわけない！　顎《あご》が外れるほど大声で言いたい。

申し訳ありませーん！

特に謝らなければならないのは、イラストの松本《まつもと》テマリさんです。松本さん……私の進行が遅《おそ》いばっかりに……ごめんなさい。泣きながら言いたい。

ごめんなさいぃぃぃぃ。

それから、この本を手にとって、こんな隅《すみ》っこまで読んでくださってる読者の皆様にも、お詫《わ》びを申し上げねばなりません。えーと……㋮なんだか㋮じゃないんだか判らなくてごめんなさい。何かこう、どっちともつかないような。困ったな。

冒頭《ぼうとう》は㋮ですよね、確かに。でも中間はまったくと言っていいほど㋮ではなく、ラストがちょっと㋮のような。ああー中途半端《ちゅうとはんぱ》で苛々《いらいら》するっ！　当初の予定では時代も設定も違《ちが》っていたし、主人公は冒頭に出てきた人だったはずなのですが。それが嘘《うそ》プロット（と呼ばれている）を並べ立てているうちに、いつの間にかこういうことに。おかしいなあ、一番最初は海賊《かいぞく》ものの予定だったじゃないですか。いえ、ジョニー・デップを観《み》たからではありませんよもちろん。まだ観てないしね。しかも最終的に決まった嘘プロットは、時代も内容もどことなーくインディ・ジョー……いやいやいやいや。冬にA坂さん、A香さん、G藤FさんとネズミＭ海に行ったからではありませんよ決して。しかもIDJのみならず、ハムナ……にも、先程《さきほど》CMを観たトゥームレイ……にも。ははーん（もう言い逃《のが》れの言葉もない）。事件的にはかなり小規模で、世界を救ったりもしないので、ありがちな設定ということで。苦しい言い訳は延々と続く。でも結局、全然違うものに挑戦《ちょうせん》するという野望は、また先延ばしになってしまいました。

先延ばしといえば、薄本やお返事ペーパーが延び延びになってしまって申し訳ありません。薄本は現在、作業中です。これが「今日㋮」から読み直しが必要で、かなーり気恥《きは》ずかしいものがあります。こ、こんなこと書いてるよ。では、ということで最近の本を読んでみても、やっぱり、うひーこんなこと書いてるよ……まったく進歩が見られません。育ってないのか喬林!?　その㋮本編も、先延ばしになってしまっていて申し訳ありません。

お詫びシリーズの最後に、気の毒な担当編集のKEKに……まあそれはいいや。い、いいのか⁉　KEKには電話で謝っておきます。そしてお詫びのしるしに、KEKをGEGに直しておきます。良かった、これでやっと本名で呼べるよGEG。やっぱり人間、本名が何よりですもんね（こんな所で本名を知られるのもどうかとは思うが）。なにゆえ私がGEGに素直《すなお》に謝る気になれないかというと、この人は時々、厳しいことを言うんです。さっきも少しこの本のことを話していて、言われてしまいました。

私「でもそんなことしたら、まるで私がヨゴレみたいじゃないですかー」
GEG「いいじゃないですか。どうせもうヨゴレなんですから」
もうヨゴレなんですからもうヨゴレなんですからもうヨゴレなんですから（ビッグなエコー）。もう既《すで》にヨゴレだったのか！　じゃなくて。担当編集者に「ヨゴレ」って言われましたよ。さめざめ。ええ確かに私は原稿《げんこう》が地獄《じごく》のように遅いです。成長もマリモの如《ごと》く遅いです。プロ意識にも相当欠けています。肥満度も高いです。最近、突発《とっぱつ》性の水虫ができました。でもだからって最後の味方であるはずの担当にヨゴレって言われるなんてー！　普通はこうでしょう？
私「なんだか私ってヨゴレみたいですね……」
GEG「そんなことないですよー。世の中にはヨゴレな人間なんていないんですから」
うん、美しいですね。本来、担当編集者と執筆《しっぴつ》者とはこうあるべきです。しかしこのあるべき姿から遠く離《はな》れてしまった原因は……私ですね。ええ、私の責任です。いいです、ヨゴレで。ヨゴレってオイシイ？　じゃあ喬林は、ビーンズ文庫随一《ずいいち》のヨゴレ豆ってことで。さてここまでてヨゴレって何回……使い古された落ちはよそう。それを抜《ぬ》きにして、GEGにもいつもご迷惑をおかけしています。すみません。でもGEG、「○○○軍の軍人でー」としか決めていなかった私に「そしたらやっぱ○○隊ですよね!?　制服姿といったらやっぱり○○ですよ！」と力説したのはあなたですから。ノッてしまった私も私ですが。とはいえ、この物語は激しくフィクションです。実際の歴史とは大きく異なります。名称とか設定とか嘘嘘、全部嘘ーっ！

ところで前回「ち㋮！」のあとがきで、自分の病気語りを長々としてしまった私ですが、あの自分的二大疾病《しっぺい》は、お陰《かげ》様で快方に向かっています。ご心配おかけした皆様、またアドバイスをくださった皆様、茶の間でひとときの話題にしてくださった友人達（するなよ）、本当にありがとうございました。また、治療《ちりょう》薬を送ってくださった先生（お名前は秘密）、本当にありがとうございました。後日、使い心地を詳細《しょうさい》なレポートにしてお送りしたいと思っております。え、い、いらないですか？　因《ちな》みに自分的二大疾病の内容はここでは言いません。「ち㋮！」のあとがきにてご確認《かくにん》ください。完治の難しい病気なんですよ。いや本当に。

そういえば少し前でKEKをGEGに直そうなんて発言が出ていますが、私がそういう気持ちになったのも、約一年に及《およ》ぶG抜き生活が心を癒《いや》してくれた……だけではなく、今シーズンのオレンジウサギちゃんと白ライオンちゃんが原因です。特にオレンジウサギちゃん……ファンではない私が語ることでもないわけなのですが。しかし、同スコアで大敗してみたり、首位チームにやられてみたりと、今シーズンの白ライオンちゃんとオレンジウサギちゃんは実に行動パターンが似ていましたね。なんだよお前らー、表向きは仲の悪いように見せかけておいて、実はこっそり付き合ってるんじゃないのー？　というカップルみたいに。リーグ間を越《こ》えた「ロミオとジュリエット」ならぬ「レオとジャビット」だったりしたりなんかしちゃったりなんかしてたりしたら……引き裂《さ》いてやるー！　その恋《こい》、この手で終わらせてやるー！

というのは冗談《じょうだん》にしても、今シーズン非常に心残りなのは、ほとんど観戦に行けなかったことです。数える程しか観に行けていない。こんなシーズンは久々で、実に空虚《くうきょ》な感じです。来年はドームにガンガン通い、ビールもがぶがぶ飲んできたいと思います。札幌《さっぽろ》にも行くぞ！

野球と同じように、ここのところ映画も観に行けていません。今年の前半は結構なペースでシネコンに通っていたのに、七月以降ぷっつりです。これも非常に残念。このままでは下半期の個人的ランキングが立てられないので、この原稿が終わったらまた貪《むさぼ》るように映画を観たいと思っています。まずは十月は渋谷《しぶや》で「ウォー・レクイエム」だ。それから「リーグ・オブ・レジェンド」だー！　ちなみに上半期の個人的ベスト1は「リベリオン」。いい位置に「サラマンダー」が食い込んでいる辺り、骨の髄《ずい》までB級スキー。

さて、この「お嬢様とは仮の姿！」が、書店に並ぶのは十月ですが、実は今月は結構すごいです。喬林、遅いなりに頑張《がんば》っています。お願いだから頑張れていてくれ。早ければ十月中にはCDが、これは通信販売《はんばい》のみなので文字通りお手元に届く予定です。初版限定予約はI東さんの誕生日で終了《しゅうりょう》の予定でしたが、どうやらまだ在庫があるようなので、臨時収入があった方や新たに豪華声優陣の皆様のファンになられた方は、今からでも宜しくお願いします。アニシナさんのアニシナさんらしい様子を、ボーナストラック用に書きましたので、是非《ぜ ひ》それも聞いて欲しいです。更《さら》に十月末頃に発売予定の雑誌「The Beans《ザ ビ》」にも、おまけCDがつくとか。本誌には㋮の短編を書かせてもらう予定ですので、こちらも書店で見かけたら手にとってみてください。そしてこの先の予定はというと……何か面白《おもしろ》いものが書けたらいいなと、心密《ひそ》かに企画《きかく》中です。これまでもやりたいことや行きたい場所はいくらもあったのですが、なかなか実行できていないので、来年こそ精力的にこなしていきたいと（毎年）思っています。さあ、まずは部屋の大掃除《おおそうじ》だ！　随分些細《ずいぶんささい》なスケジュールだな……。ということで、十月はラッシュ状態な私ですが、文庫も雑誌もCDも、すべてに関するご意見ご感想など、是非とも私にお聞かせください。web上にビーンズ文庫のアンケートがあるようですが、そちらからでも構いません。一行でも二行でも二十枚でも、貴重なご意見お待ちしています。ではまた、次の本でお会いできたら嬉《うれ》しいです。

喬林知の文庫本は、本屋の片隅《かたすみ》にひっそりと居ます。

喬林　知

BEANS BUNKO

「お嬢様とは仮の姿！」の感想をお寄せください。
おたよりのあて先
〒102-8078　東京都千代田区富士見2-13-3
角川書店ビーンズ文庫編集部気付
「喬林　知」先生・「松本テマリ」先生
また、編集部へのご意見ご希望は、同じ住所で「ビーンズ文庫編集部」
までお寄せください。

お嬢様《じょうさま》とは仮《かり》の姿《すがた》！

喬林《たかばやし》　知《とも》

角川ビーンズ文庫　BB4-10　13103

平成15年10月１日　初版発行
平成20年６月20日　17版発行

発行者――井上伸一郎
発行所――株式会社角川書店
東京都千代田区富士見2-13-3
電話/編集(03)3238-8506
〒102-8078
発売元――株式会社角川グループパブリッシング
東京都千代田区富士見2-13-3
電話/営業(03)3238-8521
〒102-8177
http://www.kadokawa.co.jp
印刷所――暁印刷　製本所――本間製本
装幀者――micro fish

SBN4-04-445210-5 C0193 定価はカバーに明記してあります。

彩雲国物語
はじまりの風は紅く
私が、王の条件を教えてあげる。
家柄最高、でも貧乏なお嬢さま・秀麗が、ダメ王様の再教育に乗り出した!?
雪乃紗衣
イラスト／由羅カイリ